Cândido

Voltaire

Equipe DCL – Difusão Cultural do Livro

DIRETOR EDITORIAL: Raul Maia

Equipe Eureka Soluções Pedagógicas

REVISÃO DE TEXTOS: Joana Carda Soluções Editoriais

Texto em conformidade com as novas regras ortográficas do Acordo da Língua Portuguesa

Dados Internacionais de Catalogação na Publicação (CIP)
(Câmara Brasileira do Livro, SP, Brasil)

Voltaire, 1694-1778.
Cândido / Voltaire ; tradução Equipe DCL. -- São Paulo : DCL, 2013. -- (Coleção clássicos literários)

Título original: Candide
ISBN 978-85-368-1670-8

1. Ficção francesa I. Título. II. Série.

13-03365 CDD-843

Índices para catálogo sistemático:

1. Ficção : Literatura francesa 843

Impresso na Índia

Editora DCL – Difusão Cultural do Livro
(11) 3932-5222
www.editoradcl.com.br

Sumário

(*Candide* ou *L'Optimisme. Traduit de L'Allemand de Mr. Le Docteur Ralph*)

Apresentação

Nélson Jahr Garcia

"Cândido" é uma das obras mais conhecidas de Voltaire.

O texto contrapõe ingenuidade e esperteza, desprendimento e ganância, caridade e egoísmo, delicadeza e violência, amor e ódio. Tudo isso mesclado com discussões filosóficas sobre causas e efeitos, razão suficiente, ética.

Como sempre Voltaire expõe suas concepções com fina ironia, sem abandonar o sarcasmo de quando em vez. O romance, em todos e cada um dos seus parágrafos, caracteriza-se como uma sátira às ideias de Leibnitz.

Leibnitz afirmara, pelo menos assim entendeu Voltaire, que o mundo é o melhor possível, que Deus não poderia ter construído outro e que tudo corria às mil maravilhas.

Voltaire não podia partilhar dessa mesma visão otimista, suas ideias tinham resultado em prisões e perseguições a tal ponto que, por volta de 1753, já não podia fixar-se, sem risco, em lugar algum da Europa.

Cândido foi expulso de onde morava, foi preso e torturado, perdeu sua amada, seus melhores amigos; em todos os casos com requintes de crueldade. Mas a cada um desses fatos, meditava sobre como explicar o melhor dos mundos possíveis, sempre com deboche mais ou menos sutil.

Como é peculiar a todos os seus trabalhos,o filósofo também criticou acidamente os costumes, a cultura, as artes.

Sobre as relações entre sexos, uma passagem merece ser mencionada:

"Um dia, em que passeava nas proximidades do castelo, pelo pequeno bosque a que chamavam parque, Cunegundes viu entre as moitas o doutor Pangloss que estava dando uma lição de física experimental à camareira de sua mãe, moreninha muito bonita e dócil. Como a senhorita Cunegundes tivesse grande inclinação para as ciências, observou, sem respirar, as repetidas experiências de que foi testemunha; viu com toda a clareza a razão suficiente do doutor, os efeitos e as causas, e regressou toda agitada e pensativa, cheia do desejo de se tornar sábia, e pensando que bem poderia ela ser a razão suficiente do jovem Cândido, o qual também podia ser a sua."

Nem mesmo as falcatruas das manufaturas européias ficaram esquecidas:

...levou-o para casa, limpou-o, deu-lhe pão e cerveja, presenteou-o com dois florins, e até quis ensinar-lhe a trabalhar na sua manufatura de tecidos da Pérsia fabricados na Holanda.

Sugestiva é a menção sobre a recompensa divina para o mal menor:

"Tínhamos um imame muito devoto e compassivo, que lhes pregou um belo sermão, persuadindo-os a que não nos matassem.

– Cortai – disse ele – apenas uma nádega a cada uma dessas damas, e com isso vos regalareis. Se for necessário mais, tereis outro tanto daqui a alguns dias. Deus recompensará tão caridosa ação, e sereis socorridos."

Não faltou a referência à relação entre exploradores e explorados, e à hipocrisia dos poderosos.

"Já estiveste então no Paraguai? – indagou Cândido.

– É verdade. Servi de fâmulo no colégio de Assunção, e conheço o governo dos Padres como conheço as ruas de Cádiz. É uma coisa admirável esse governo. O reino já tem mais de trezentas léguas de diâmetro; é dividido em trinta províncias. Os padres ali têm tudo, e o povo nada; é a obra prima da razão e da justiça. Quanto a mim, não conheço nada mais divino do que os Padres, que aqui fazem guerra ao rei de Espanha e ao rei de Portugal, e que na Europa confessam esses reis; que aqui matam espanhóis e em Madrid os mandam para o céu: isto me encanta."

E com que graça se refere à simplicidade da riqueza e do luxo:

"Entraram numa casa muito simples, pois a porta era apenas de prata e as salas modestamente revestidas de ouro, mas tudo trabalhado com tanto gosto que nada ficavam a dever aos mais ricos lambris. A antecâmara, na verdade, era incrustada somente de esmeraldas e rubis; mas a harmonia do conjunto compensava de sobra essa extrema simplicidade."

O respeitabilíssimo Homero não escapou das farpas:

"Cândido, ao ver um Homero magnificamente encadernado, elogiou o ilustríssimo quanto ao seu bom gosto.

– Eis – disse ele – um livro que fazia as delícias do grande Pangloss, o maior filósofo da Alemanha.

– Pois não faz as minhas – disse friamente Pococurante. – Fizeram-me acreditar outrora que eu sentia prazer em lê-lo; mas essa repetição contínua de combates que todos se assemelham, esses deuses que agem sempre para nada fazer de decisivo, essa Helena que é o motivo da guerra e que mal entra na peça; essa Tróia que cercam e não tomam, tudo isso me causava um mortal aborrecimento. Perguntei a eruditos se eles se aborreciam tanto quanto eu nessa leitura. Os que eram sinceros confessaram-me que o livro lhes tombava das mãos, mas que sempre era preciso tê-lo na biblioteca, como um monumento da Antiguidade, é como essas moedas enferrujadas que não podem circular."

Foi nesse romance que Voltaire escreveu uma de suas mais célebres frases. Após ouvir uma breve dissertação sobre o perigo das grandezas, que todos os acontecimentos estavam devidamente encadeados no melhor dos mundos possíveis, que todo o sofrimento de Cândido acabara por reverter em benefícios, Cândido, candidamente, respondeu:

– Tudo isso está bem dito... mas devemos cultivar nosso jardim.

I

De como foi Cândido criado em um lindo castelo, e como dali o escorraçaram

Havia em Vestfália, no castelo do senhor barão de Thunder-ten-tronckh, um jovem a quem a natureza dotara da índole mais suave. Sua fisionomia lhe anunciava a alma. Era reto de juízo e simples de espírito, razão pela qual, creio eu, o chamavam de Cândido. Suspeitavam os velhos criados que fosse filho da irmã do senhor barão e de um bom e honrado gentil-homem da vizinhança, com quem esta jamais consentira em casar-se, porque ele só pudera alegar setenta e uma gerações, havendo as injúrias do tempo destruído o resto da sua arvore genealógica.

Era o senhor barão um dos mais poderosos senhores de Vestfália. Sua sala de honra ostentava, até, uma tapeçaria. Todos os seus cães, reunidos, formavam, em caso de precisão, uma boa matilha; o vigário da aldeia era o seu esmoler-mor. Tratavam-no todos por Monsenhor e riam quando ele contava histórias.

A senhora baronesa, que pesava cerca de trezentas e cinquenta libras, granjeava com isso enorme consideração, e fazia as honras da casa com uma dignidade que a tornava ainda mais respeitável. Sua filha Cunegundes, que contava dezessete anos, era corada, fresca, rechonchuda, apetitosa. O filho do barão parecia em tudo digno do pai. o preceptor Pangloss era o oráculo da casa, e o pequeno Cândido escutava as suas lições com toda a boa fé da sua idade e do seu caráter.

Pangloss ensinava metafísico – teólogo – cosmolonigologia. Provava admiravelmente que não há efeito sem causa e que, neste que é o melhor possível dos mundos, o castelo do senhor barão era o mais belo possível dos castelos e a senhora a melhor das baronesas possíveis.

Está demonstrado, dizia ele, que as coisas não podem ser de outra maneira: pois, como tudo foi feito para um fim, tudo está necessariamente destinado ao melhor fim. Queiram notar que os narizes foram feitos para usar óculos, e por isso nós temos óculos. As pernas foram visivelmente instituídas para as calças, e por isso temos calças. As pedras foram feitas para serem talhadas e edificar castelos, e por isso Monsenhor tem um lindo castelo; o mais considerável barão da província deve ser o mais bem alojado; e, como os porcos foram feitos para serem comidos, nós comemos porco o ano inteiro: por conseguinte, aqueles que asseveravam que tudo está bem disseram uma tolice; deviam era dizer que tudo está o melhor possível.

Cândido ouvia com toda a atenção e acreditava inocentemente; pois achava a senhorita Cunegundes extremamente formosa, embora jamais se atrevesse a lho dizer. Concluía que, depois da ventura de ter nascido barão de Thunder-ten-tronckh, o segundo grau de felicidade consistia em ser mademoiselle Cunegundes; o terceiro, em vê-la todos os dias; e o quarto, em ouvir mestre Pangloss, o maior filósofo da província, e por conseguinte de toda a terra.

Um dia, em que passeava nas proximidades do castelo, pelo pequeno bosque a que chamavam parque, Cunegundes viu entre as moitas o doutor Pangloss que estava dando uma lição de física experimental à camareira de sua mãe, moreninha muito bonita e dócil. Como a senhorita Cunegundes tivesse grande inclinação para as ciências, observou, sem respirar, as repetidas experiências de que foi testemunha; viu com toda a clareza a razão suficiente do doutor, os efeitos e as causas, e regressou toda agitada e pensativa, cheia do desejo de se tornar sábia, e pensando que bem poderia ela ser a razão suficiente do jovem Cândido, o qual também podia ser a sua.

Encontrou Cândido ao voltar para o castelo, e enrubesceu; Cândido também corou; ela cumprimentou-o com voz entrecortada, e Cândido falou-lhe sem saber o que dizia. No dia seguinte, depois do jantar, Cunegundes e Cândido encontraram-se atrás de um biombo; Cunegundes deixou cair o lenço, Cândido apanhou-o, ela tomou-lhe inocentemente a mão, o jovem beijou inocentemente a mão da moça com uma vivacidade, uma sensibilidade, uma graça toda especial; suas bocas encontraram-se, seus olhos fulguraram, seus joelhos tremeram, suas mãos perderam-se... Ora, o senhor barão de Thunder-ten-tronckh passou junto ao paravento e, vendo aquela causa e aquele efeito, correu Cândido do castelo, a pontapés no traseiro; Cunegundes desmaiou; logo que voltou a si, foi esbofeteada pela senhora baronesa; e houve a maior consternação no mais lindo e mais agradável dos castelos possíveis.

II

Do que sucedeu a Cândido entre os búlgaros

Cândido, expulso do paraíso terrestre, caminhou muito tempo sem saber por onde andava, chorando, erguendo os olhos ao céu, voltando-os seguidamente para o mais lindo dos castelos que encerrava a mais linda das baronesinhas. Deitou-se, sem comer, em pleno campo, entre dois sulcos de lavoura, enquanto caía neve em grandes flocos. Cândido, transido, arrastou-se no dia seguinte até a aldeia próxima, que se chama Valberghoff-trarbk-dikdorff, sem dinheiro, morto de fome e de cansaço. Parou tristemente à porta de uma estalagem. Dois homens trajados de azul deram com os olhos nele:

– Camarada – disse um, – eis ali um rapaz de bom corpo e que tem a altura requerida.

Dirigiram-se a Cândido e convidaram-no polidamente para almoçar.

– Senhores – lhes disse Cândido com encantadora modéstia, – concedem-me uma grande honra, mas na verdade não tenho com que pagar a minha parte.

– Ah! senhor – retrucou um dos de azul, – as pessoas do seu porte e do seu merecimento nunca pagam nada: pois o amigo não tem cinco pés e cinco polegadas!

– Sim, é essa a minha altura – disse ele, fazendo uma reverência.

– Ah! senhor, sente-se à mesa; não só lhe pagaremos tudo, mas jamais, consentiremos que um homem como o senhor ande sem dinheiro; os homens foram feitos apenas para auxiliarem uns aos outros.

– Os senhores têm toda razão – concordou Cândido.

– Foi o que sempre me disse o senhor Pangloss, e bem vejo que tudo está o melhor possível.

Pedem-lhe que aceite alguns escudos; ele os embolsa e quer passar recibo; não lho consentem, e sentam-se os três à mesa:

– O senhor não ama ternamente?...

– Oh! sim – respondeu ele, – amo ternamente a senhorita Cunegundes.

– Não – diz um deles, – nós perguntamos se não ama ternamente ao rei dos búlgaros.

– Absolutamente – retruca ele, – pois nunca o vi.

– Como! É o mais encantador dos reis, e devemos erguer-lhe um brinde.

– Oh! com muito gosto, senhores.

E Cândido bebe à saúde do rei.

– Isso basta – dizem-lhe. – O senhor agora é o apoio, o sustentáculo, o defensor, o herói dos búlgaros; sua fortuna está feita e sua glória assegurada.

Em seguida aplicam-lhe cadeias aos pés e o levam para o regimento. Fazem-lhe volver à direita , à esquerda, tirar a vareta, botar a vareta, – deitar por terra, atirar, correr, e dão-lhe trinta bastonadas; no dia seguinte, faz o exercício um pouco menos mal e só recebe vinte bastonadas; no outro dia só recebe dez, e é olhado pelos camaradas como um verdadeiro prodígio.

Cândido, estupefato, ainda não atinava muito bem como poderia ser um herói. Por um belo dia de primavera, lembrou-se de dar um passeio e seguiu direito em frente, na crença de que era um privilégio da espécie humana, como da espécie animal, servir-se das próprias pernas como bem lhe aprouvesse. Ainda não andara duas léguas, quando quatro outros heróis de seis pés o alcançam, amarram-no bem amarrado, e o metem num calabouço. Perguntaram-lhe juridicamente se preferia ser fustigado trinta e seis vezes por todo o regimento ou receber, em uma só descarga, trinta e seis balas de chumbo na cabeça. Por mais que Cândido alegasse que a vontade humana é livre, teve de fazer a escolha; resolveu, então, em virtude desse dom de Deus a que chamam liberdade, ser passado trinta e seis vezes pela vara. Aguentou dois turnos.

O regimento compunha-se de dois mil homens; isso lhe valera, até então, quatro mil varadas que, da nuca ao traseiro, lhe puseram a descoberto todos os músculos e nervos.

Quando iam dar início ao terceiro, Cândido, não podendo mais, pediu por misericórdia que tivessem a bondade de lhe arrebentar os miolos. Concedem-lhe esse favor; vendam-lhe os olhos e fazem-no ajoelhar-se. Nesse momento passa o rei dos búlgaros, informa-se do crime do paciente; e, como esse rei tinha um grande gênio, compreendeu, por tudo quanto soube de Cândido, que se tratava de um jovem metafísico, muito ignorante das coisas deste mundo, e concedeu-lhe a sua graça com uma demência que será louvada em todos os jornais e em todos os séculos. Um bravo cirurgião curou Cândido em três semanas, com emolientes recomendados por Dioscórides. Tinha já um pouco de pele e podia amar, quando o rei dos búlgaros travou batalha com o rei dos abaros.

III

De como Cândido escapou aos búlgaros, e do que lhe sucedeu depois

Nada tão belo, tão lesto, tão brilhante, tão bem ordenado como aqueles dois exércitos. As trombetas, os pífanos, os oboés, os tambores, os canhões, formavam uma harmonia como jamais a houve no inferno. Primeiro os canhões derrubaram cerca de seis mil homens de cada lado; em seguida a mosquetaria varreu do melhor dos mundos uns nove a dez mil marotos que lhe infetavam a superfície. A baioneta foi também a razão suficiente da morte de alguns milhares de homens. O que tudo montava a umas trinta mil almas. Cândido, que tremia como um filósofo, ocultou-se o melhor que pôde durante aquela heróica mortandade.

Enfim, enquanto os dois reis mandavam cantar Te Deuns cada qual no seu campo tomou ele o partido de ir raciocinar alhures sobre os efeitos e as causas. Passou por cima de montões de mortos e moribundos, e alcançou primeiro uma aldeia vizinha; estava reduzida a cinzas: era uma aldeia abara que os búlgaros haviam queimado, conforme as leis do direito público. Aqui, velhos crivados de golpes viam agonizar suas mulheres degoladas de cujo ensanguentado seio pendiam crianças; além, soltavam os último suspiros raparigas destripadas: depois de haverem saciado os desejos naturais de alguns heróis; outras, meio queimadas, gritavam que lhes acabassem de vez com a vida. Miolos se espalhavam sobre a terra, ao lado de pernas e braços amputados.

Cândido fugiu o mais depressa possível para outra aldeia: pertencia aos búlgaros, e os heróis abaros a tinham tratado da mesma forma. Cândido, sempre a andar por sobre membros palpitantes ou através de ruínas, deixou enfim o teatro da guerra, levando algumas provisões no alforje e sem nunca esquecer a senhorita Cunegundes. Acabaram-se-lhe as provisões ao chegar à Holanda; mas, tendo ouvido dizer que nesse país todos eram ricos e verdadeiramente cristãos, não duvidou que o tratassem tão bem como no castelo do senhor barão, antes de ser dali escorraçado por amor dos lindos olhos da senhorita Cunegundes.

Pediu esmola a vários personagens de ar grave e todos lhe responderam que, se continuasse a exercer tal ofício, o mandariam encerrar numa casa de correção, para ensinar-lhe a viver direito.

Dirigiu-se depois a um homem que acabava de falar sozinho uma hora inteira sobre a caridade, perante uma grande assembléia. Esse homem, olhando-o de soslaio, indagou:

– Que vieste fazer aqui? – És pela boa causa?

– Não há efeito sem causa – respondeu modestamente Cândido, – tudo está perfeitamente encadeado e arranjado o melhor possível Foi preciso que eu tivesse sido expulso de junto da senhorita Cunegundes e passado pelas varas, e é preciso que eu esmole o meu pão antes que possa ganhá-lo; nada disso poderia ser de outro modo.

– Meu amigo – perguntou o orador, – acreditas que o Papa seja o Anticristo?

– Ainda não o ouvira dizer – respondeu Cândido. – Mas, que o seja ou não seja, o fato é que eu não tenho pão.

– Nem mereces comê-lo – retrucou o outro. – Anda, biltre, miserável! Desaparece das minhas vistas!

A mulher do orador, chegando à janela e vendo um homem que duvidava que o Papa fosse o Anticristo, despejou-lhe na cabeça todo o conteúdo de um... Ó céus! a que excessos não levam as damas o seu zelo religioso!

Um homem que ainda não fora batizado, um bom anabatista, chamado Jaques, viu de que maneira cruel e ignominiosa era tratado um de seus irmãos, um bípede implume, que possuía uma alma; levou-o para casa, limpou-o, deu-lhe pão e cerveja, presenteou-o com dois florins, e até quis ensinar-lhe a trabalhar na sua manufatura de tecidos da Pérsia fabricados na Holanda. Cândido, quase a prosternar-se diante dele, exclamava: "Bem me dizia Mestre Pangloss que tudo está o melhor possível neste mundo, pois sinto-me infinitamente mais tocado com a sua extrema generosidade do que com a dureza daquele senhor de negro e da senhora sua esposa?"

No dia seguinte, ao passear, encontrou um mendigo coberto de pústulas, os olhos mortiços, a ponta do nariz carcomida, a boca de viés, os dentes negros, falando pela garganta sacudido de acessos de tosse e cuspindo um dente a cada esforço.

IV

De como Cândido encontrou o seu antigo mestre de Filosofia, o doutor Pangloss, e do que sucedeu

Cândido, mais tocado ainda de compaixão que de horror, deu àquele espantoso mendigo os dois florins que recebera do bom anabatista. O fantasma olha-o fixamente, derrama lágrimas, e salta-lhe ao pescoço. Cândido, horrorizado, recua.

– Ai! – diz o miserável ao outro miserável, – então não reconheces mais o teu caro Pangloss?

– Que ouço? Tu, o meu querido mestre! Tu, nesse horrendo estado! Que desgraça te aconteceu? Por que não estás ainda no mais lindo dos castelos? Que foi feito da senhorita Cunegundes, a pérola das donzelas, a obra-prima da natureza?

– Não posso mais comigo – gemeu Pangloss.

Cândido o levou para o estábulo do anabatista, onde lhe deu a comer um pouco de pão. E, depois que Pangloss se refez:

– Então – disse ele, – e Cunegundes?

– Morreu.

A esta palavra, Cândido perdeu os sentidos; o amigo o fez voltar a si com um pouco de mau vinagre que havia por acaso no estábulo. Cândido reabre os olhos:

– Cunegundes morta! Oh! onde é que estás, ó melhor dos mundos? Mas de que morreu? Não seria por me ter visto expulsar a pontapés do castelo do senhor seu pai?

– Não – disse Pangloss. – Ela foi estripada por soldados búlgaros, depois de ter sido violada o mais possível; rebentaram a cabeça do senhor barão, que queria defendê-la; a senhora baronesa foi cortada em pedaços; o meu pobre pupilo, tratado precisamente como a irmã e quanto ao castelo, não ficou pedra sobre pedra, nem uma granja, nem um carneiro, nem um pato, nem uma árvore; mas fomos bem vingados, pois os abaros fizeram o mesmo em uma baronia vizinha que pertencia a um senhor búlgaro.

Ao ouvir tais coisas, Cândido desmaiou outra vez; mas, voltando a si, e tendo dito tudo o que devia dizer, indagou da causa e do efeito, e da razão suficiente que pusera Pangloss em tão lastimável estado.

– Ai! – suspirou o outro. – Foi o amor; – amor, o consolador do gênero humano, o conservador do universo, a alma de todos os seres sensíveis, o terno amor.

– Ai! – disse Cândido. – Eu o conheci, esse amor, esse soberano dos corações, essa alma da nossa alma: nunca me rendeu mais que um beijo e vinte pontapés por detrás. Como pôde essa bela causa produzir, na tua pessoa, tão abominável efeito?

Pangloss respondeu nos seguintes termos:

– Ó meu caro Cândido! Bem conheceste Paquette, a linda criadinha da nossa augusta baronesa; gozei nos seus braços as delícias do paraíso, que produziram em mim estes tormentos do inferno de que me vês devorado; ela estava infetada e talvez tenha morrido disso. Paquette ganhara esse presente de um franciscano muito erudito, que havia remontado à fonte, pois o adquirira de uma velha condessa, que o recebera de um capitão de cavalaria, que o devia a uma marquesa, que a tinha de um pajem, que o tomara de um jesuíta que, quando noviço, o herdara em linha reta de um dos companheiros de Cristóvão Colombo. Quanto a mim, não o passarei a ninguém, pois estou para morrer. Ó Pangloss! – exclamou Cândido. – Que estranha genealogia! Não seria o diabo que foi o tronco?

– Qual! – replicou o grande homem. – Era uma coisa indispensável no melhor dos mundos, um ingrediente necessário: pois, se Colombo não tivesse apanhado em uma ilha da América essa doença que envenena a fonte da geração, e que é evidentemente o oposto da grande finalidade da natureza, nós não teríamos nem chocolate nem cochonilha; cumpre observar que até hoje, no nosso continente, esta doença nos é peculiar, como a controvérsia, os turcos, os hindus, os pernas, os chins, os siameses, os nipônicos, ainda não a conhecem; mas há uma razão suficiente para que a conheçam, por sua vez, em alguns séculos. Enquanto isto, vai ela fazendo um maravilhoso progresso entre nós, e principalmente nesses grandes exércitos compostos de honrados mercenários, tão bem educados, que decidem do destino das nações; pode-se assegurar que, quando trinta mil homens combatem em formação contra tropas iguais em número, há cerca de vinte mil contaminados em cada campo.

– Admirável disse Cândido, mas é preciso que te cures.

– Mas como? Não tenho um vintém, meu amigo; e, em toda a extensão deste globo, não me pode nem fazer uma sangria, nem tomar uma lavagem, sem pagar, ou sem que haja alguém que pague por nós.

Estas últimas palavras decidiram Cândido; foi lançar-se aos pés do caridoso anabatista Jaques e fez-lhe uma pintura tão comovente do estado a que se achava reduzido o seu amigo, que o nosso homem não hesitou em recolher o doutor Pangloss; mandou-o tratar à sua custa. Pangloss, com a cura, só perdeu um olho e uma orelha. Como tinha boa letra e sabia aritmética, o anabatista empregou-o como guarda-livros. Dois meses depois, sendo obrigado a ir a Lisboa a negócios, embarcou consigo os dois filósofos. Pangloss explicou-lhe como tudo marchava o melhor possível. Jaques não era dessa opinião.

– Está visto – dizia ele – que os homens corromperam um pouco a natureza, pois não nasceram lobos, e tornaram-se lobos. Deus não lhes deu nem canhões nem baionetas, e eles fabricaram baionetas e canhões para se aniquilarem. Eu poderia ainda levar em conta as falências, e a justiça, que se apodera dos bens dos falidos para ludibriar os credores.

– Tudo isso era indispensável – replicava o doutor caolho, – e os males particulares constituem o bem geral, de sorte que, quanto mais males particulares houver, tanto melhor irão as coisas.

Enquanto assim arrazoava, o céu escureceu, os ventos sopraram dos quatro cantos do mundo, e o navio foi assaltado pela mais tremenda tempestade, à vista do porto de Lisboa.

V

Da tempestade, naufrágio, terremoto, e do que sucedeu ao doutor Pangloss, a Cândido e ao anabatista Jaques

Metade dos passageiros, enfraquecidos, agoniados com a inconcebível indisposição em que a instabilidade de um navio deixa a todos os nervos e humores do corpo, agitados em sentidos contrários, não tinham nem mesmo forças para inquietar-se com o perigo. A outra metade soltava gritos e rezava; as velas estavam rotas, os mastros quebrados, o navio fendido. Trabalhava quem pudesse, ninguém se entendia, ninguém comandava, o anabatista auxiliava um pouco a manobra; achava-se no convés; um marinheiro furioso bate-lhe rudemente e derruba-o sobre as pranchas, mas, com o golpe que lhe deu, caiu ele próprio para fora do navio, ficando suspenso a um toco de mastro. O bom Jaques corre em seu auxílio, ajuda-o a subir e, com o esforço que faz, é precipitado no mar, sem que o marinheiro fizesse o mínimo gesto para salvá-lo. Cândido aproxima-se, vê o seu benfeitor que reaparece um momento à tona e é tragado para sempre. Quer lançar-se ao mar, mas Pangloss lho impede, provando-lhe que a enseada de Lisboa fora feita expressamente para afogar o anabatista. Enquanto o provava a priori, o navio parte-se ao meio e todos perecem, com exceção de Pangloss, de Cândido e do brutal marinheiro que afogara o virtuoso anabatista; o facínora nadou até a margem, onde Pangloss e Cândido arribaram, agarrados a uma tábua.

Depois que se refizeram um pouco, encaminharam-se para Lisboa; restava-lhes algum dinheiro, com o qual esperavam salvar-se da fome, depois de haverem escapado à tempestade.

Mal entravam na cidade, chorando a morte do benfeitor, quando sentem o solo tremer sob os seus pés; o mar, furioso, galga o porto e despedaça os navios que ali me acham ancorados. Turbilhões de chama e cinza cobrem as ruas e praças públicas; as casas desabam; abatem-se os tetos sobre os alicerces que se abalam; trinta mil habitantes são esmagados sob as ruínas. Assobiando e praguejando, dizia consigo o marinheiro:

– Muito há que aproveitar aqui.

– Qual poderá ser a razão suficiente deste fenômeno? indagava Pangloss.

Chegou o último dia do mundo! exclamava Cândido. O marinheiro corre imediatamente para o meio dos destroços, afronta a morte em busca de dinheiro, acha-o, embriaga-se; depois de cozinhar a bebedeira, compra os favores da primeira rapariga de boa vontade que encontra sobre as ruínas das casas e em meio dos mortos e moribundos. Enquanto isto, Pangloss puxava-o pela manga.

– Meu amigo dizia-lhe, – isto não está direito, ofendes a razão universal, empregas muito mal o teu tempo.

– Com os diabos! – responde o outro, – sou marinheiro e nasci em Batávia; marchei quatro vezes sobre o crucifixo, em quatro viagens que fiz ao Japão; e ainda me vens com a razão universal!

Alguns estilhaços de pedra haviam ferido Cândido, que se achava estendido no meio da rua e coberto de destroços.

– Ai! – dizia ele a Pangloss, consegue-me um pouco de vinho e de óleo, que estou morrendo.

– Este terremoto não é novidade nenhuma – respondeu Pangloss. – A cidade de Lima experimentou os mesmos tremores de terra no ano passado; iguais causas, iguais efeitos: há com certeza uma corrente subterrânea de enxofre, desde Lima até Lisboa.

– Nada mais provável – respondeu Cândido, – mas, por amor de Deus, arranja-me óleo e vinho.

– Como, provável? – replicou. – Sustento que é a coisa mais demonstrada que existe.

Cândido perdeu os sentidos, e Pangloss trouxe-lhe um pouco de água de uma fonte vizinha.

No dia seguinte, havendo encontrado alguma provisão de boca em meio aos escombros, repararam um pouco as forças. Em seguida puseram-se a trabalhar como os outros para auxiliar os habitantes escapados à morte. Alguns cidadãos por eles socorridos deram-lhes o melhor almoço que poderiam encontrar em tais circunstâncias. Verdade que a refeição era triste; os convivas regavam o pão com lágrimas. Mas Pangloss consolou-os, assegurando-lhes que as coisas não poderiam ser de outra maneira: "Pois tudo isto -dizia ele – é o que há de melhor. Pois, se há um vulcão em Lisboa, não poderia estar noutra parte. Pois é impossível que as coisas não estejam onde estão. Pois tudo está bem".

Um homenzinho de preto, familiar da Inquisição, que se achava a seu lado, tomou polidamente a palavra e disse:

– Pelo visto, o senhor não crê no pecado original; pois, se tudo está o melhor possível, não houve nem queda, nem castigo.

– Peço humildemente perdão a Vossa Excelência – disse Pangloss ainda mais polidamente, – pois a queda do homem e a maldição entravam necessariamente no melhor dos mundos possíveis.

– O senhor não crê então na liberdade? – perguntou o familiar.

– Vossa Excelência me desculpará – disse Pangloss; – a liberdade pode subsistir com a necessidade absoluta; pois era necessário que fôssemos livres, porque enfim a liberdade determinada...

Pangloss estava no meio da frase, quando o familiar fez um sinal de cabeça para o seu lacaio, que lhe servia vinho do Porto.

VI

De como se fez um belo auto de fé para evitar os terremotos, e de como Cândido foi açoitado.

Depois do tremor de terra que destruiu três quartas partes de Lisboa, os sábios do país não encontraram meio mais eficaz para prevenir uma ruína total do que oferecer ao povo um belo auto de fé; foi decidido pela Universidade de Coimbra que o espetáculo de algumas pessoas queimadas a fogo lento, em grande cerimonial, era um infalível segredo para impedir que a terra se pusesse a tremer.

Tinham, pois, prendido um biscainho que casara com a própria comadre, e dois portugueses que, ao comer um frango, lhe haviam retirado a gordura: vieram, depois do almoço, prender o doutor Pangloss e o seu discípulo Cândido, um por ter falado e o outro por ter escutado com ar de aprovação: foram ambos conduzidos em separado para apartamentos extremamente frescos, onde nunca se era incomodado pelo sol; oito dias depois vestiram-lhe um sambenito e ornaram-lhe a cabeça com mitras de papel: a mitra e o sambenito de Cândido eram pintados de chamas invertidas e diabos que não tinham cauda nem garras; mas os diabos de Pangloss tinham cauda e garras, e as flamas eram verticais. Assim vestidos, marcharam em procissão, e ouviram um sermão muito patético, seguido de uma bela música em fabordão. Cândido foi açoitado em cadência, enquanto cantavam; o blacainho e os dois homens que não tinham querido comer gordura foram queimados, e Pangloss enforcado, embora não fosse esse o costume. No mesmo dia a terra tremeu de novo, com espantoso fragor.

Cândido, em pânico, desvairado, todo ensanguentado e palpitante, dizia consigo: "Se este é o melhor dos mundos possíveis, como não serão os outros! Se eu apenas fosse açoitado, como entre os búlgaros, ainda passava! Mas tu, meu querido Pangloss, o maior dos filósofos, ver-te enforcar sem saber por quê! E tu, meu querido anabatista, o melhor dos homens, ver-te afogado à vista do porto! E tu, ó Cunegundes, ó pérola das donzelas, era preciso que te abrissem o ventre?!"

E assim doutrinado, açoitado, absolvido e abençoado, mal sustendo-se nas pernas, vinha ele de volta, quando uma velha o abordou e disse-lhe: "Tem coragem, meu filho, e segue-me".

VII

Coragem não a tinha, mas seguiu a velha até um casebre: esta lhe deu pomada para fomentar-se, deixou-lhe mantimentos e bebida, e indicou-lhe um leito bastante limpo, junto do qual havia um vestuário completo

– Come, bebe, dorme – disse-lhe ela – e que Nossa Senhora de Atocha, o senhor Santo Antônio de Pádua e o senhor S. Jaques de Compostella te conservem na sua guarda: voltarei amanhã.

Cândido, ainda espantado de tudo o que vira, de tudo o que sofrera, e ainda mais da caridade da velha, quis beijar-lhe a mão.

– Não é a minha mão que deves beijar – disse a velha. – Voltarei amanhã. Esfrega-te, come e dorme. Cândido, apesar de tantas desgraças, comeu e dormiu. No dia seguinte a velha lhe traz a primeira refeição examina-lhe as costas, fomenta-o com outra pomada; mais tarde lhe traz almoço, e volta à noite com a ceia. No terceiro dia fez as mesmas cerimônias.

– Quem é a senhora? – perguntava-lhe Cândido. – Quem lhe inspirou tamanha bondade? Que agradecimentos lhe posso dar?

A boa mulher jamais respondia; no outro dia de tarde não trouxe comida.

– Vem comigo – disse ela – e não digas coisa alguma.

Ampara-o e marcha com ele pelo campo, cerca de um quarto de milha: chegam a uma casa solitária, cercada de jardins e canais. A velha bate a uma pequena porta. Abrem; conduz Cândido, por uma escada oculta, a um salão dourado, deixa-o num canapé de brocado, fecha a porta e retira-se. Cândido julgava sonhar, e considerava toda a sua vida como um pesadelo, e o momento atual como um agradável sonho.

A velha voltou logo; amparava com dificuldade uma mulher trêmula; de porte majestoso, toda resplandecente de pedrarias e coberta com um véu.

– Retira esse véu – disse a velha a Cândido.

O jovem aproxima-se; ergue-o timidamente. Que momento! que surpresa! julga ver a senhorita Cunegundes; via-a com efeito, era ela própria. Faltam-lhe as forças, não pode dizer uma só palavra, e tomba a seus pés. Cunegundes, essa, tomba no canapé. A velha enche-os de licores; recuperam os sentidos, falam-se: são a princípio frases entrecortadas, perguntas e respostas que se entrecruzam, suspiros, lágrimas, gritos. A velha lhes recomenda que façam menos bulha, e deixa-os em liberdade.

– Como! És tu? Estás viva?! E encontro-te em Portugal! Então não te violaram? Não te fenderam o ventre, como me disse o filósofo Pangloss?

– Sim – disse a bela Cunegundes, – mas nem sempre se morre desses dois acidentes.

– Mas teu pai e tua mãe não foram mortos?

– É verdade – disse Cunegundes em pranto.

– E teu irmão?

– Meu irmão também foi morto.

– E como estás em Portugal? Corno soubeste que eu aqui estava? E por que estranha aventura me mandaste trazer a esta casa?

– Tudo Isso direi – respondeu a dama, – mas é preciso que primeiro me contes o que te aconteceu desde o beijo inocente que me deste e os pontapés que recebeste.

Cândido obedeceu com profundo respeito; e, embora ainda o dominasse a confusão, embora a voz lhe estivesse fraca e trêmula, embora ainda lhe doesse um pouco a espinha, contou-lhe da maneira mais singela tudo o que sofrera desde o momento da separação. Cunegundes erguia os olhos ao céu; chorou pela morte do bom anabatista e de Pangloss. Depois falou nos seguintes termos a Cândido, que não perdia uma palavra e a devorava com os olhos.

VIII

História de Cunegundes

Estava eu no meu leito e dormia profundamente, quando aprouve aos Céus enviar os búlgaros ao nosso lindo castelo de Thunder-ten-tronckh; degolaram meu pai e meu irmão e cortaram minha mãe em pedaços. Um grande búlgaro de seis pés de altura, vendo que eu perdera os sentidos a esse espetáculo, pôs-se a violar-me; isso me fez recuperar os sentidos, gritei, debati-me, mordi, arranhei, queria arrancar os olhos do búlgaro, sem saber que tudo o que acontecia no castelo de meu pai era uma coisa costumeira: o bruto deu-me uma facada no lado esquerdo, de que ainda guardo a cicatriz.

– Ah! quero vê-la – disse o ingênuo Cândido.

– Tu a verás – respondeu Cunegundes, – mas continuemos.

– Continua – disse Cândido.

E Cunegundes assim retomou o fio da história:

– Nisto entrou um capitão búlgaro, viu-me toda ensanguentada, e o soldado não se arredava. O capitão ficou furioso com a falta de respeito que lhe testemunhava aquele bruto, e matou-o em cima do meu corpo. Em seguida ordenou que me fizessem os curativos necessários e mandou-me como prisioneira para o seu acampamento. Eu lavava as poucas camisas que ele tinha e preparava-lhe a comida. O capitão achava-me bastante bonita, devo confessá-lo; e, quanto a mim, não negarei que ele era muito bem feito de corpo e tinha a pele branca e suave; mas pouco espírito e pouca filosofia: bem se via que não fora educado pelo doutor Pangloss. Ao cabo de três meses, depois de ter perdido todo o dinheiro, e já estando aborrecido de mim, vendeu-me a um judeu chamado dom Issacar, que traficava na Holanda e em Portugal, e que era louco por mulheres. Esse judeu sentia grande atração por mim, mas não conseguia vencer-me; resisti-lhe melhor do que ao soldado búlgaro. Quando a gente tem honra, pode ser violada uma vez, mas com isso ainda mais se fortalece a virtude.

O judeu, para me abrandar, mandou-me para esta casa de campo que tu vês. Até então eu julgara que não havia nada no mundo mais bonito do que o castelo de Thunder-ten-tronckh; enganava-me.

O grande inquisidor me viu um dia na missa; não tirava os olhos de mim, e me mandou dizer que precisava falar-me sobre assuntos secretos. Fui levada a palácio; revelei-lhe a minha origem; fez-me ver o quanto estava abaixo da minha categoria pertencer a um israelita. Propuseram, da sua parte, a dom Issacar que me cedesse a Monsenhor. Dom Issacar, que é banqueiro da Corte e homem de grande influência, não se demoveu. O inquisidor ameaçou-o com um auto de fé. Afinal o judeu, intimidado, chegou a um acordo. Ficou combinado que a casa e eu pertenceríamos a ambos, que o judeu disporia das segundas, terças e sábados, e o inquisidor dos outros dias da semana. Há seis meses que dura essa convenção. Dificuldades não faltam; pois muitas vezes há controvérsia quanto a saber se a noite de sábado para domingo pertence à antiga ou à nova lei. Até agora tenho resistido ao judeu e ao inquisidor, e creio que é por esse motivo que continuo amada por ambos.

Enfim, para afastar o flagelo dos terremotos e intimidar dom Issacar, aprouve a Monsenhor celebrar um auto de fé. Deu-me a honra de me convidar para o espetáculo. Fiquei muito bem colocada; entre a missa e a execução foram servidos refrescos às damas. Na verdade, estremeci de horror ao ver queimarem aqueles dois judeus e o honrado biscainho que casara com a comadre; mas qual não foi a minha surpresa, o meu terror, a minha perturbação quando vi, de sambenito e mitra, um vulto que. se assemelhava a Pangloss. Esfreguei os olhos, olhei atentamente vi-o pender da forca; tombei desmaiada. Mal recuperava os sentidos, avistei-te na liça, inteiramente nu: foi o cúmulo do horror, da consternação, da dor, do desespero. Na verdade te direi que a tua pele é mais clara e de um colorido mais perfeito que a do meu capitão búlgaro. Essa visão redobrou todos os sentimentos que me aniquilavam, que me devoravam. Quis gritar: "Basta, bárbaros!", mas faltou-me a voz, e os meus gritos seriam inúteis. Depois que foste bem açoitado: "Como pode ser – dizia eu comigo – que o amável Cândido e o sábio Pangloss tenham vindo parar em Lisboa, um para receber cem açoites e outro para ser enforcado, por ordem do senhor inquisidor, de quem sou amada? Pangloss enganou-me cruelmente quando me dizia que tudo está o melhor do mundo."

Agitada, desvairada, umas vezes fora de mim, outras vezes a morrer de abatimento, tinha eu a cabeça cheia do massacre de meu pai, de minha mãe, de meu irmão, da insolência do meu maldito soldado búlgaro, da facada que ele me deu, da minha escravidão, do meu ofício de cozinheira, do meu maldito dom Issacar, do meu abominável inquisidor, do enforcamento do doutor Pangloss, daquele miserere em fabordão durante o qual te açoitavam, e principalmente do beijo que eu te dera atrás de um biombo, no dia em que te vi pela última vez. Louvei a Deus que te reconduzia a mim depois de tantas provações. Pedi à minha velha que te cuidasse e te trouxesse para aqui logo que fosse possível. Ela executou muito bem o meu mandado; gozei do inexprimível prazer de tornar a ver-te, de te ouvir, de te falar. Deves estar com uma terrível fome; eu estou com muito apetite; comecemos por cear.

Ei-los, pois, que se sentam à mesa; e, depois da ceia, vão para o belo canapé já mencionado; ali estavam eles quando chega o senhor dom Issacar, um dos donos da casa. Era um sábado. Vinha ele gozar de seus direitos e dar demonstrações de seu terno amor.

IX

Do que aconteceu a Cunegundes, a Cândido, ao Inquisidor e ao judeu.

Esse Issacar era o mais colérico judeu que já se viu em Israel desde o cativeiro de Babilônia.

– Cadela de Galileia – exclama ele, – então já não te basta o senhor inquisidor? É preciso que esse maroto também compartilhe de ti?

Dizendo tais palavras, saca de um longo punhal que sempre trazia consigo e, não imaginando que o adversário estivesse armado, avança para Cândido; mas o nosso bom vestfaliano recebera uma bela espada da velha, juntamente com o vestuário completo. Puxa ele da espada, embora fosse de gênio mui tranquilo, e estende o israelita morto aos pés de Cunegundes.

– Virgem Santa! – exclama ela. – Que será de nós? um homem assassinado em minha casa! Se vier a polícia, estamos perdidos.

– Se Pangloss não tivesse sido enforcado – disse Cândido, – nos daria um bom conselho em tal emergência, pois era um grande filósofo. Na sua falta, consultemos a velha.

Era esta muito prudente e começava a dar sua opinião quando se abriu outra pequena porta. Passava uma hora da meia-noite e principiava o domingo. Esse dia era do senhor Inquisidor, que entra e vê Cândido de espada em punho, um cadáver no chão, Cunegundes como louca e a velha a dar conselhos.

Eis o que se passou em tal instante na alma de Cândido e como ele raciocinou: "Se esse santo homem pede socorro, estou queimado vivo; o mesmo poderá suceder a Cunegundes; ele mandou açoitar-me impiedosamente; é meu rival; posso matá-lo agora; não há que escolher".

Esse raciocínio foi nítido e instantâneo; e, antes que o inquisidor tivesse tempo de refazer-se da surpresa, Cândido lhe atravessa o corpo com a espada, e abate-o por terra, ao lado do judeu.

– Mais um – disse Cunegundes, – agora não há mais salvação; estamos excomungados, chegou o nosso derradeiro instante. Como é que tu, que tens um gênio tão bom, pudeste matar, em dois minutos, um judeu e um prelado?

– Formosa senhorita – respondeu Cândido, – quando se está enamorado, com ciúmes, e ainda por cima açoitado pela Inquisição, a gente não se reconhece mais.

A velha tomou então a palavra e disse:

– Há três cavalos andaluzes na estrebaria, com os arreios; que o bravo Cândido os apronte; a senhora tem pistolas e diamantes: montemos depressa, embora eu apenas possa sentar de um lado só, e vamos para Cádiz; está fazendo o mais belo tempo do mundo, e assim é um prazer viajar de noite.

Cândido em seguida arreia os três cavalos. Cunegundes, a velha e ele fazem três milhas de um fôlego. Enquanto se afastavam, chega a Santa Hermandad à casa do campo: enterram Monsenhor numa bela igreja e lançam Issacar no monturo.

Cândido, Cunegundes e a velha estavam agora na aldeia de Avicena, em meio à Sierra Morena; e assim falavam, numa hospedaria.

X

Da situação em que chegam os três a Cadiz e do seu embarque.

– Quem me teria roubado as minhas pistolas e os meus diamantes? – soluçava Cunegundes. – De que viveremos? Que faremos nós? Onde vou encontrar inquisidores e judeus que me deem mais joias e dinheiro?

– Desconfio muito – disse a velha – de um reverendo franciscano que pousou ontem em Badajos, no mesmo albergue em que paramos. Deus me livre de formar um juízo precipitado! Mas o fato é que ele entrou duas vezes em nosso quarto e partiu muito antes de nós.

– E o bom Pangloss – suspirou Cândido, – que tantas vezes me provou que os bens terrenos são comuns a todos os mortais! Segundo esses princípios, bem que o franciscano podia deixar-nos alguma coisa para que prosseguíssemos viagem...

– Quer dizer que não te resta coisa alguma, linda Cunegundes?

– Nem um maravedi.

– É vender um dos cavalos – propôs a velha. – Irei à garupa da senhorita, embora apenas me possa sentar de um lado só. E assim chegaremos a Cádiz.

Havia no mesmo albergue um prior beneditino, que lhes comprou o cavalo por uma ninharia. Cândido, Cunegundes e a velha passaram por Lucena, por Chulas, por Lebrixa, e chegaram enfim a Cádiz. Ali se equipava uma frota e reuniam-se tropas para chamar à razão os reverendos padres jesuítas do Paraguai, aos quais acusavam de haverem revoltado uma de suas hordas, em Sacramento, contra os reis de Espanha e Portugal. Tendo servido com os búlgaros. Cândido fez os respectivos exercícios, diante do general do pequeno exército, com tanta graça, presteza, agilidade e garbo, que lhe deram o comando de uma companhia de infantes. Ei-lo capitão; embarca com a senhorita Cunegundes, a velha, dois criados e os dois cavalos andaluzes que haviam pertencido ao senhor inquisidor-mor de Portugal.

Durante toda a travessia, discutiram muito sobre a filosofia do pobre Pangloss.

Vamos para um outro universo – dizia Cândido. – É lá sem dúvida que tudo está bem. Pois cumpre confessar que em nosso mundo não faltava o que chorar quanto ao lado físico e moral das coisas.

– Amo-te de todo o coração – dizia Cunegundes, – mas ainda sinto a alma aterrada de tudo quanto. vi e experimentei

– Tudo irá bem – replicava Cândido. – Só o mar desse novo mundo já vale mais que os mares da nossa Europa: é mais calmo, e os ventos mais constantes. Não há dúvida alguma de que o novo mundo é que é o melhor dos universos possíveis

– Deus o queira! – dizia Cunegundes. – Mas fui tão horrivelmente infeliz no meu, que meu coração está quase fechado à esperança.

– Ainda se queixam! – disse-lhes a velha. – Mas não passaram nem pela metade do que eu já sofri. Cunegundes quase chegou a rir, pela pretensão daquela boa mulher, em ser mais infeliz do que ela.

– Ora, minha velha! A menos que tenhas sido violada por dois búlgaros, que tenhas recebido duas facadas na barriga, que destruíssem dois de teus castelos, que hajam degolado na tua frente duas mães e dois pais e que tenhas visto dois dos teus pretendentes açoitados num auto de fé, não vejo como poderás ganhar de mim; e não te esqueças que nasci baronesa de setenta e dois quartéis e cheguei a cozinheira.

– Bem vejo – retrucou a velha – que a senhorita ignora o meu nascimento; e, se eu lhe mostrasse o meu traseiro, não falaria assim e suspenderia o seu juízo. Tais palavras deixaram Cunegundes e Cândido extremamente curiosos. E a velha lhes falou nos seguintes termos.

XI

História da velha

Nem sempre tive os olhos empapuçados e debruados de vermelho; nem sempre o meu nariz tocou no queixo, e nem sempre fui criada. Sou filha do Papa Urbano X e da princesa de Palestrina. Criaram-me, até os catorze anos, em um palácio junto do qual todo, os castelos dos barões alemães não serviriam para estábulo; e um só de meus vestidos valia mais que todas as magnificências da Vestfália. Crescia em beleza, em graça, em talentos, em meio dos prazeres, dos respeitos e das esperanças. Já inspirava amor, meu seio se formava; e que seio! branco, firme, talhado como o da Vênus de Médicis; e que olhos! que pálpebras! que negras pestanas! que flamas brilhavam nas minhas duas pupilas, que apagavam a cintilação das estrelas, como me diziam os poetas da vizinhança. As mulheres que me vestiam e despiam caíam em êxtase ao olhar-me por diante e por trás, e todos os homens desejariam estar no lugar delas.

Fiquei noiva de um príncipe soberano de Massa-Carrara! Que príncipe! tão belo como eu, cheio de encantos e virtudes, brilhante de espírito e ardente de amor. Eu o amava como se ama da primeira vez, com idolatria, com arrebatamento. Prepararam-se as núpcias. Era uma pompa, uma magnificência inaudita; eram festas, cavalhadas, óperas-bufas contínuas; e toda a Itália me compôs sonetos, dos quais não havia um único que fosse passável. Aproximava-se o instante da minha felicidade, quando uma velha marquesa que fora amante de meu príncipe convidou-o a tomar chocolate com ela. Morreu em menos de duas horas, em terríveis convulsões. Mas isso não passou de uma bagatela. Minha mãe, desesperada, e não menos aflita do que eu, resolveu afastar-se, por algum tempo, de lugar tão funesto. Possuía uma bela propriedade nos arredores de Gaeta. Embarcamos numa galera do Estado, dourada como o altar de S. Pedro em Roma. Eis que um corsário de Sales nos ataca. Nossos soldados defenderam-se como soldados do Papa: tombaram de joelho, soltando as armas, e pedindo ao corsário uma absolvição *in articulo mortis.*

Em seguida os deixaram nus como macacos, e à minha mãe também, e às nossas aias, e a mim também. E uma coisa admirável a presteza com que esses indivíduos despem a gente. Mas o que mais me surpreendeu foi que nos meteram o dedo em um lugar onde nós, mulheres, geralmente só deixamos introduzir cânulas. Tal cerimônia me pareceu muito estranha: eis como a gente julga as coisas quando nunca saiu da terra natal. Soube logo que era para ver se não tínhamos ocultado ali alguns diamantes: é um uso estabelecido, desde tempos imemoriais, entre as nações civilizadas que exercem a navegação. Soube que os reverendos cavaleiros de Malta nunca deixam de o fazer quando aprisionam turcos e turcas; é uma lei do direito das gentes, que jamais foi infringida. Não direi o quanto é duro para uma jovem princesa ser 235 conduzida como escrava a Marrocos, juntamente com sua mãe. Imaginem o que não sofremos no navio corsário! Minha mãe era ainda muito bonita; e nossas aias, nossas simples criadas, tinham mais encantos do que se poderiam encontrar por toda a África. Quanto a mim, era encantadora, era a beleza, a graça em pessoa, e era virgem; não o fui por muito tempo: essa flor que eu reservara para o belo príncipe de Massa--Carrara me foi arrebatada pelo capitão corsário; era um negro abominável que ainda por cima estava crente de que me fazia uma grande honra. A senhora princesa de Palestrina e eu tínhamos de ser mesmo muito fortes para resistir a tudo o que experimentamos até a nossa chegada a Marrocos. Mas passemos adiante; são coisas comuns, em que não vale a pena insistir.

Marrocos nadava em sangue quando ali chegamos. Os cinquenta filhos do imperador Muley-Ismael tinham cada um o seu partido: o que constituía de fato cinquenta guerras civis, de negro contra negro, de negros contra trigueiro, de trigueiros contra trigueiros, de mulatos contra mulatos. Era uma carnagem contínua em toda a extensão do Império.

Apenas desembarcamos, os negros de uma facção contrária à do nosso corsário vieram arrebatar-lhe a presa. Depois dos diamantes e do ouro, éramos nós o que ele tinha de mais precioso. Fui testemunha de um combate como não se vê igual em climas europeus, Os povos setentrionais não têm sangue bastante ardente. Não tem esse furor pelas mulheres que se vê na África. Parece que os europeus têm leite nas veias; pois é vitríolo, é fogo que corre nas veias dos habitantes do monte Atlas e dos países vizinhos. Combateram com a sanha dos leões, dos tigres e das serpentes da região para ver quem nos possuiria. Um mouro agarrou minha mãe pelo braço direito, um lugar-tenente de meu capitão segurou-a pelo esquerdo; um soldado mouro pegou-a por uma perna, um dos nossos piratas pela outra. Em um instante, quase todas as nossas mulheres se viram assim puxadas por quatro soldados. Meu capitão me conservava oculta atrás de si. Empunhava. a cimitarra e matava quem quer que se lhe opusesse. Vi afinal todas as nossas italianas e a minha mãe despedaçadas, retalhadas, massacradas pelos monstros que as disputavam. Os meus companheiros cativos, os que os haviam aprisionado, soldados, marinheiros, negros, trigueiros, brancos, mulatos, e o meu capitão, foi tudo assassinado, e eu ali fiquei, agonizante, sobre um montão de cadáveres. Cenas tais ocorriam numa extensão de trezentas léguas, sem que ninguém faltasse às cinco preces diárias ordenadas por Maomé.

Com muita dificuldade desembaracei-me daquela multidão de corpos sangrentos e arrastei-me para debaixo de uma laranjeira à margem de um arroio próximo; tombei por terra, de medo, de cansaço, de desespero e de fome. Em breve meus sentidos exaustos se entregaram a um sono que mais se aproximava do desmaio que do repouso. Estava naquele estado de fraqueza e de insensibilidade, entre a morte e a vida, quando senti alguma coisa que se agitava sobre o meu corpo. Abri os olhos e vi um homem branco e de fisionomia simpática que suspirava e dizia entre dentes: *O che sciagura d'essere senza coglioni!*

XII

Continuação das desgraças da velha.

Atônita e encantada de ouvir a língua da minha pátria, e não menos surpresa das palavras que proferia aquele homem, respondi-lhe que havia maiores, desgraças do que aquela de que ele se queixava. Informei-o em poucas palavras dos horrores por que passara, e desmaiei de novo. Levou-me para uma casa vizinha, fez com que me dessem leite e comida, atendeu-me, consolou-me, lisonjeou-me, disse-me que nada vira de tão lindo como eu e que nunca lamentara tanto aquilo que ninguém lhe poderia devolver.

– Nasci em Nápoles – me disse ele. É sabido que ali costumam castrar de dois a três mil meninos por ano; uns morrem da operação, outros adquirem uma voz mais bela que a das mulheres, outros vão governar Estados. Fizeram-me a intervenção com grande. sucesso, e fui músico da capela da senhora princesa da Palestrina.

– Da minha mãe! – exclamei.

– Da sua mãe! – bradou ele, chorando. – Como! Então a senhora é aquela jovem princesa que eu criei até a idade de seis anos e que já prometia ser tão linda assim?

– Sou eu mesma; minha mão se acha a quatrocentos passos daqui, esquartejada sob um montão de mortos...

Contei-lhe tudo o que me sucedera e ele contou-me as suas aventuras. Naquela época fora enviado em missão junto ao rei de Marrocos, da parte de uma potência cristã, a fim de concluir um tratado com nosso monarca. Mediante esse tratado, se forneceria ao maometano pólvora, canhões e navios, a fim de auxiliar a parte contratante a exterminar o comércio dos outros cristãos.

– Minha missão está cumprida – disse aquele honrado eunuco. – Vou embarcar em Ceuta e a levarei comigo para a Itália. *Ma che sciagura d'essere senza coglioni!*

Agradeci-lhe com lágrimas de enternecimento; e, em vez de conduzir-me à Itália, levou-me para a Argélia e vendeu-me ao bei dessa província. Mal fora vendida, quando essa peste que deu volta à África, à Ásia e à Europa, se alastrou na Algéria com furor. Meus amigos já viram terremoto. Mas e a peste? A senhorita nunca apanhou peste?

– Nunca – respondeu a baronesa.

– Ah! se a tivesse apanhado – tornou a velha, – confessaria que é muito pior que um terremoto. E muito comum na África; fui atacada. Imaginem que situação para a filha de um papa, que tinha apenas quinze anos de idade, e que, no espaço de três meses, conhecera a pobreza, a escravidão, fora violada quase todos os dias, vira esquartejarem a sua mãe, sofrera a fome e a guerra, e estava para morrer de peste na Argélia. No entanto não morri. Mas o meu eunuco e o bei pereceram, juntamente com quase todo o serralho da Argélia.

Passadas as primeiras devastações dessa horrível peste, foram postas em leilão as escravas do bei. Um mercador arrematou-me, levando-me para Túnis; vendeu-me a outro mercador, que me revendeu em Trípoli; de Trípoli fui revendida em Alexandria, de Alexandria em Esmirna, de Esmirna em Constantinopla. Fiquei enfim pertencendo a um agá dos janízaros, que em breve foi incumbido de defender Azof contra os russos que a cercavam.

O agá, homem muito galante, levou consigo todo o seu serralho, e nos alojou em um fortim sobre os Pauis-Meótides, guarnecido por dois eunucos negros e vinte soldados. Mataram um número prodigioso de russos, mas estes nos pagaram na mesma moeda. Azof foi posto a ferro e fogo, e não poupavam nem sexo nem idade; afinal só restou nosso pequeno forte; os inimigos resolveram vencer-nos pela fome. Os vinte janízaros tinham jurado não render-se nunca. A fome extrema a que se viram reduzidos os obrigou a comer as nossos dois eunucos, por modo de quebrarem o juramento. Passados alguns dias, decidiram comer as mulheres.

Tínhamos um imame muito devoto e compassivo, que lhes pregou um belo sermão, persuadindo-os a que não nos matassem.

– Cortai – disse ele – apenas uma nádega a cada uma dessas damas, e com isso vos regalareis. Se for necessário mais, tereis outro tanto daqui a alguns dias. Deus recompensará tão caridosa ação, e sereis socorridos.

Tinha bastante eloquência, e convenceu-os. Fizeram-nos essa horrível operação. O imame nos aplicou o mesmo bálsamo que se põe no menino que acabam de circuncidar. Estávamos todas pela hora da morte. Mal haviam os janízaros terminado a refeição que lhes fornecêramos, quando chegam os russos em chatas; não sobrou um único janízaro. Os russos não deram a mínima atenção ao estado em que nos achávamos. Há por toda parte cirurgiões franceses: um deles, que era muito hábil, nos socorreu; curou-nos satisfatoriamente, e toda a minha vida hei de lembrar-me que, quando as minhas feridas ficaram bem cicatrizadas, ele me fez propostas. De resto, nos disse a todas que nos consolássemos, assegurando-nos que em vários cercos sucedera a mesma coisa, e que essa era a lei da guerra.

Logo que pudemos caminhar, mandaram-no para Moscou. Quanto a mim, coube em partilha a um boiardo que me fez trabalhar na sua horta e me dava vinte laçaços por dia. Mas, dois anos depois, tendo sido esse cavaleiro mandado a suplício, por alguma intriga de Corte, em companhia de trinta colegas seus, aproveitei a emergência e fugi: atravessei toda a Rússia; fui por muito tempo criada de taverna em Riga, depois em Rostock, em Vismar, em Leipzig, em Camel, em Utrecht, em Leyde, em Haya, em Rotterdam. Envelheci na miséria e no opróbrio, não tendo mais que a metade do traseiro, e sempre a lembrar-me de que era filha de um papa; cem vezes quis matar-me, mas ainda amava a vida. Essa ridícula fraqueza é talvez um dos nossos pendores mais funestos: pois haverá coisa mais tola do que carregar continuamente um fardo que sempre se quer lançar por terra? Ter horror à própria existência e apegar-se a ela. Acariciar, enfim, a serpente que nos devora, até que nos haja engolido o coração?

Vi, nos países que a sorte me fez percorrer e nas estalagens onde servi, um número prodigioso de pessoas que execravam a sua vida; mas apenas encontrei doze que acabaram voluntariamente com a própria miséria: três negros, quatro ingleses, quatro genebrinos e um professor alemão chamado Robeck. Terminei como criada do judeu dom Issacar, que me encarregou de a servir, minha linda senhorita; liguei-me a seu destino, e tenho-me ocupado mais das suas aventuras que das minhas. E jamais falaria de minhas desgraças se a senhorita não me houvesse melindrado e se não fosse costume a bordo contar histórias para enganar o aborrecimento. Enfim, senhorita, tenho experiência, conheço o mundo. Quer distrair-se? Convide cada passageiro a contar a sua história; e, se encontrar um só que não haja amaldiçoado a vida muitas vezes e que muitas vezes não tenha dito consigo que era o mais infeliz dos homens, pode então lançar-me de cabeça ao mar.

XIII

De como Cândido se viu obrigado a separar-se da bela Cunegundes e da velha

Tendo ouvido a história da velha, a bela Cunegundes dispensou-lhe todas as atenções que se deviam a uma pessoa da sua posição e do seu mérito. Aceitou a proposta; induziu todos os passageiros a contarem um após outro as suas aventuras.

Cândido e ela confessaram que a velha tinha razão.

– É uma pena – dizia Cândido – que o sábio Pangloss tenha sido enforcado, contra o costume, em um auto de fé; ele nos diria coisas admiráveis sobre o mal físico e o mal moral que cobrem a terra e o mar, e eu me sentiria com bastante ânimo para me atrever a fazer-lhe respeitosamente algumas objeções.

A medida que cada um contava a sua história, o navio avançava. Aportaram em Buenos Aires. Cunegundes, o capitão Cândido e a velha foram ter com o governador Dom Fernando de Ibarra y Figueroa y Mascareñas y Lampurdos y Sousa. Esse senhor tinha uma altivez adequada a um homem que usava tantos nomes. Falava aos homens com o mais nobre desdém, erguendo tão alto o nariz, elevando tão implacavelmente a voz, assumindo um ar tão imponente, afetando um andar tão altaneiro, que todos os que o cumprimentavam sentiam ganas de bater-lhe. Amava as mulheres com loucura. Cunegundes lhe pareceu a criatura mais linda que já vira no mundo. A primeira coisa que fez foi perguntar se não era esposa do capitão. O tom da pergunta alarmou Cândido: não ousou dizer-lhe que era sua esposa porque de fato não o era; não ousava dizer que era sua irmã, porque tampouco o era; e, embora essa mentira oficiosa estivesse outrora muito em moda entre os antigos e pudesse ser útil aos modernos, a sua alma era demasiado pura para trair a verdade.

– A senhorita Cunegundes – disse ele – deve conceder-me a honra de casar comigo, e suplicamos a Vossa Excelência que se digne mandar celebrar as nossas núpcias.

Dom Fernando de Ibarra y Figueroa y Mascareñas y Lampurdos y Sousa, cofiando o bigode, sorriu amargamente e ordenou ao capitão Cândido que fosse passar em revista a sua companhia. Cândido obedeceu; o governador ficou com a senhorita Cunegundes. Declarou-lhe a sua paixão, protestou que no dia seguinte a desposaria em face da Igreja, ou de qualquer outra maneira, conforme aprouvesse a seus encantos. Cunegundes pediu um quarto de hora para refletir, para consultar a velha e tomar uma decisão.

Disse a velha a Cunegundes:

– A senhorita tem setenta e dois quartéis e nem um óbulo; só depende de si ser esposa do maior senhor da América do Sul e que tem tão belos bigodes; e acaso está em condições de ostentar uma fidelidade a toda prova? Pois não foi violada pelos búlgaros? Um judeu e um inquisidor não gozaram da sua boa vontade? As desgraças outorgam direitos. Confesso que, se estivesse em seu lugar, não teria nenhum escrúpulo em desposar o senhor governador e fazer a fortuna do senhor capitão Cândido.

Enquanto a velha falava com toda a prudência que dão a experiência e a idade, viram entrar no porto um pequeno navio; trazia um alcaide e alguazis, e eis o que sucedera.

Bem adivinhara a velha que fora um franciscano que havia roubado o dinheiro e as joias de Cunegundes, na cidade de Badajoz. O monge procurou vender algumas das pedras a um joalheiro. O negociante reconheceu-as como pertencentes ao inquisidor-mor. Antes de ser enforcado, o franciscano confessou de quem as roubara; indicou as pessoas e o rumo que tomavam. A fuga de Cunegundes e Cândido era já conhecida. Seguiram-lhes o rastro até Cádiz; sem perda de tempo, despacharam um navio em sua perseguição. Esse navio já estava agora no porto de Buenos Aires. Logo se espalhou que um alcaide ia desembarcar e que perseguiam os assassinos do inquisidor-mor. A prudente velha viu num instante tudo o que se devia fazer.

– A senhorita não pode fugir – disse ela a Cunegundes, e nada tem a temer; não foi a senhorita quem matou Monsenhor; e aliás o governador que a ama, não permitirá que a maltratem; fique onde está.

Corre imediatamente a Cândido: – Fuja – lhe diz ela, – ou dentro em uma hora será queimado.

Não havia um momento a perder. Mas como separar-se de Cunegundes? E onde refugiar-se?

XIV

De como Cândido e Cacambo foram acolhidos pelos jesuítas do Paraguai

Cândido trouxera de Cádiz um criado como os há em quantidade nas costas da Espanha e nas colônias. Tinha um quarto de espanhol, pois nascera de um mestiço, em Tucuman; fora menino de coro, sacristão, marinheiro, monge, carregador, soldado, lacaio. Chamava-se Cacambo e estimava muito a seu patrão, porque o seu patrão era um excelente homem. Selou às pressas os dois cavalos andaluzes.

– Vamos, patrão. Siga o conselho da velha, e corramos sem olhar para trás.

Cândido põe-se a chorar:

– Ai minha querida Cunegundes! Devo eu abandonar-te quando o senhor governador vai preparar as tuas núpcias? Eu que te trouxe de tão longe! Que vai ser de ti?

– Será o que puder – disse Cacambo, – as mulheres nunca se embaraçam; Deus as ajuda; corramos.

– Aonde me levas? Aonde vamos? Que faremos sem Cunegundes? – dizia Cândido.

– Por S. Jaques de Compostella – disse Cacambo. – O patrão não ia combater contra os jesuítas? Pois combata agora pelos jesuítas. Conheço bem os caminhos; vou levá-lo até o reino deles; ficarão encantados de ter um capitão que saiba fazer exercícios à moda búlgara. O senhor fará uma fortuna prodigiosa. Quando a gente não se ajeita num mundo, procura arranjar-se noutro. É um prazer extraordinário ver e fazer coisas novas.

– Já estiveste então no Paraguai? – indagou Cândido.

– É verdade. Servi de fâmulo no colégio de Assunção, e conheço o governo dos Padres como conheço as ruas de Cádiz. É uma coisa admirável esse governo. O reino já tem mais de trezentas léguas de diâmetro; é dividido em trinta províncias. Os padres ali têm tudo, e o povo nada; é a obra prima da razão e da justiça. Quanto a mim, não conheço nada mais divino do que os

Padres, que aqui fazem guerra ao rei de Espanha e ao rei de Portugal, e que na Europa confessam esses reis; que aqui matam espanhóis e em Madri os mandam para o céu: isto me encanta. Avancemos. O patrão vai ser o mais feliz de todos os homens. Que prazer não terão os Padres quando souberem que lhes chega um capitão que conhece manobras búlgaras!

Logo que chegaram à primeira barreira, Cacambo disse à guarda avançada que um capitão pedia para falar ao monsenhor comandante. Foram avisar a grande guarda. Um oficial paraguaio correu aos pés do comandante para lhe dar a notícia. Cândido e Cacambo foram primeiramente desarmados; apoderaram-se de seus cavalos andaluzes. Os dois estrangeiros são introduzidos em meio de duas filas de soldados, a cuja extremidade se achava o comandante, de chapéu de três bicos, batina arrepanhada, espadim à cinta, lança em punho. Fez um sinal; e logo vinte e quatro milicianos cercam os recém-chegados. Informa-lhes um sargento que é preciso esperar, que o comandante não pode atendê-los, pois o reverendo padre provincial não permite que nenhum espanhol abra a boca a não ser em sua presença nem permaneça mais de três horas no país.

– E onde está o reverendo padre provincial? – Indagou Cacambo.

– Está na parada, depois que rezou missa; e só daqui a três horas é que vocês lhe podem beijar as esporas.

– Mas – observou Cacambo – o senhor capitão, que está a morrer de fome como eu, não é espanhol, é alemão; não poderíamos almoçar enquanto esperamos Sua Reverendíssima?

O sargento foi imediatamente comunicar tais palavras ao comandante.

– Graças a Deus que ele é alemão – disse este, – pois assim lhe posso falar. Que o tragam ao meu caramanchel.

Conduzem Cândido a uma espécie de salão de folhagens, cercado de uma linda colunata de mármore verde e dourado e de aviários que encerravam papagaios, colibris, beija-flores, pintadas, e todos os pássaros, dos mais raros. Achava-se servido um excelente almoço, em baixelas de ouro; e, enquanto os paraguaios comiam canjica em escudelas de pau, ao ardor do sol, o reverendo padre comandante entrou no caramanchel.

Era um belo jovem, de rosto cheio, faces coradas, sobrancelhas erguidas, olho vivo, orelhas rosadas, lábios rubros, o ar altivo, mas de uma altivez que não era nem a de um espanhol nem a de um jesuíta. Devolveram a Cândido e Cacambo as armas que lhe haviam retirado, bem como os dois cavalos andaluzes; Cacambo fê-los comer aveia, junto ao caramanchão, e sempre trazendo-os de olho, para evitar alguma surpresa.

Cândido beijou primeiro a fimbria da batina do comandante, e em seguida sentaram-se à mesa.

– Com que então o senhor é alemão? – perguntou-lhe o jesuíta nesse idioma.

– Sim, meu reverendo.

Tanto um como outro, enquanto pronunciavam tais palavras, se olhavam com grande surpresa e uma emoção que não podiam dominar.

– E de que região da Alemanha é o senhor? – indagou o jesuíta.

– Da maldita província de Vestfália – disse Cândido.

– Nasci no castelo de Thunder-ten-tronckh.

– O Céus! Será possível! – exclamou o comandante.

– Que milagre! – bradou Cândido.

– Serás tu mesmo? – disse o comandante.

– Impossível! – disse Cândido.

Recuam de espanto, abraçam-se, vertem rios de lágrimas.

– Como, és tu, meu reverendo Padre? Tu, o irmão da bela Cunegundes! Tu, que foste morto pelos búlgaros! Tu, o filho do senhor barão! Tu, jesuíta no Paraguai! Tem-se de confessar que este mundo é uma coisa estranha! Ó Pangloss! ó Pangloss! Como não estarias contente agora, se não te houvessem enforcado!

O comandante mandou embora os escravos negros e os paraguaios que serviam bebida em tigelas de cristal de rocha. Agradeceu mil vezes a Nosso Senhor e a Santo Inácio; estreitava Cândido nos braços; as suas faces estavam banhadas de lágrimas.

– Mais espantado ficarias – disse Cândido, – mais comovido, mais fora de ti mesmo, se eu te dissesse que a senhorita Cunegundes tua irmã, a quem julgavas destripada, se acha agora cheia de saúde.

– Onde?

– Na tua vizinhança, com o senhor governador de Buenos Aires. E eu tinha vindo para combater-te...

Cada palavra que pronunciavam nessa longa conversação acumulava prodígios sobre prodígios. A alma inteira lhes voava na ponta da língua, mantinha-se atenta nos ouvidos, fulgurante nos olhos. Como eram alemães, demoraram-se por muito tempo á mesa, enquanto não vinha o padre provincial. E o comandante assim falou a seu querido Cândido.

XV

De como Cândido matou o irmão de sua querida Cunegundes.

Nunca me sairá da memória o dia horrível em que vi matarem meu pai e minha mãe e violarem minha irmã. Quando os búlgaros se retiraram, havia desaparecido aquela irmã adorável, e meu pai, minha mãe, eu, duas criadas e três meninos degolados fomos colocados numa carroça, a fim de nos enterrarem em uma capela de jesuíta, a duas léguas do castelo. Um jesuíta aspergiu-nos com água benta; estava horrivelmente salgada; entraram-me algumas gotas nos olhos; o padre percebeu que minhas pálpebras se agitavam levemente: pôs a mão no meu peito e sentiu palpitar-me o coração; fui socorrido e, ao cabo de três semanas, estava como dantes. Bem sabes, meu caro Cândido, que eu era bastante bonito; pois mais bonito fiquei depois; de modo que o reverendo padre Croust, superior do convento, sentiu-se tomado por mim da mais terna amizade; fez-me envergar o hábito de noviço; algum tempo depois fui enviado a Roma. O vigário geral tinha necessidade de uma leva de jovens jesuítas alemães. Os soberanos do Paraguai recebem o menos que podem de jesuítas espanhóis; preferem os estrangeiros, de quem se julgam mais senhores. Fui julgado apto pelo reverendo vigário geral, para vir trabalhar nesta vinha. Partimos, um tirolês, um polaco e eu. Honraram-me, de chegada, com um subdiaconato e uma lugar-tenência; hoje sou coronel e padre. Recebemos à altura as tropas do rei de Espanha; garanto-te que serão devidamente excomungadas e batidas. A Providência te mandou aqui para nos secundares. Mas é verdade mesmo que a minha querida irmã Cunegundes se acha nas vizinhanças, em poder do governador de Buenos Aires?

Cândido jurou que nada era mais verdadeiro. E puseram-se ambos a chorar.

O barão não se cansava de abraçar Cândido; chamava-lhe de seu irmão e salvador.

– Ah, meu querido Cândido, talvez possamos os dois entrar vencedores na cidade e arrebatar a minha irmã Cunegundes.

– É o que mais desejo neste mundo – disse Cândido, – pois tencionava desposá-la, e espero fazê-lo ainda.

– Tu, insolente! – exclamou o barão. – Tens então a imprudência de querer desposar a minha irmã, que possui setenta e dois quartéis?! O que me admira é o teu descaramento em ousar falar-me de um desejo tão atrevido!

Cândido, estarrecido, retrucou-lhe:

– Todos os quartéis do mundo, meu Reverendo Padre, agora nada significam; tirei a sua irmã dos braços de um judeu e de um inquisidor; ela me deve muitas obrigações, e quer casar comigo. Mestre Pangloss sempre me disse que os homens são iguais, e eu hei de casar com Cunegundes.

– É o que veremos, patife! – bradou o jesuíta barão de Thunder-ten--tronckh, ao mesmo tempo que lhe desfecha no rosto um violento golpe com a folha da espada. Cândido no mesmo instante puxa da sua e mergulha-a até a guarda no ventre do barão jesuíta; mas, ao retirá-la úmida de sangue quente, põe-se a chorar: "Oh! Meu Deus! Matei o meu antigo senhor, o meu amigo, o meu cunhado; sou o melhor homem do mundo e já são três homens que mato; e, desses três, dois são padres !"

Cacambo, que montava guarda à entrada do caramanchão, acorreu em seguida.

– Só nos resta vender caro a nossa vida – lhe disse Cândido. – Não tardarão a chegar; deveremos morrer de arma em punho.

Cacambo, que já passara por outras, não perdeu a cabeça. Despiu a batina do barão, vestiu-a sem demora em Cândido, deu-lhe o chapéu de três bicos e o fez montar a cavalo. Tudo isto se passou enquanto o diabo esfrega um olho.

– Corramos, patrão; todos o vão tomar por um jesuíta que anda a serviço; e teremos passado as fronteiras antes que possam sair em nosso encalço.

Já voava ao dizer Isto, e gritava em espanhol:

– Alas! alas! para o reverendo padre coronel!

XVI

Do que aconteceu aos dois viajantes com duas raparigas, dois macacos e os selvagens chamados orelhões.

Já haviam os dois atravessado a fronteira, e no acampamento ainda ninguém sabia da morte do jesuíta alemão. O diligente Cacambo teve cuidado de encher o alforje de pão, chocolate, presunto, frutas, e algumas medidas de vinho. Adentraram-se numa região desconhecida, onde não descobriram estrada alguma. Afinal deparou-se-lhes à vista um belo prado cortado de arroios. Os nossos dois viajantes puseram os cavalos a pastar. Cacambo propõe uma refeição, e dá o exemplo, principiando a comer com apetite.

– Como queres tu – dizia Cândido – que eu coma presunto, quando matei o filho do senhor barão e me vejo condenado a nunca mais rever a bela Cunegundes? De que me servirá prolongar meus miseráveis dias, se deve arrastá-los longe dela, no remorso e no desespero? E que dirá o jornal de Trévoux?

Enquanto assim falava, não cessava de comer. O sol ia tombando. Os dois extraviados ouviram alguns gritos agudos, que pareciam de mulheres. Não sabiam se esses gritos eram de dor ou de alegria; mas ergueram-se precipitadamente com essa inquietação e alarma que tudo inspira em uma região desconhecida. Partiam os clamores de duas raparigas nuas que corriam pela orla do bosque, enquanto dois macacos as perseguiam, mordendo-lhes as nádegas. Cândido encheu-se de piedade; tinha aprendido a atirar com os búlgaros, e seria capaz de abater uma noz sem tocar nas folhas. Toma do seu fuzil espanhol de dois tiros, faz pontaria e mata os dois macacos.

– Louvado seja Deus, meu caro Cacambo! Livrei de um grande perigo essas duas pobres criaturas; e se cai em pecado matando um inquisidor e um jesuíta, já o remi agora, salvando a vida de duas mulheres. Devem ser damas de boa condição, e esta aventura nos pode trazer grandes vantagens no país.

Ia continuar, mas o espanto lhe paralisou a língua ao ver aquelas duas raparigas beijarem ternamente os dois macacos, desatando em pranto sobre os seus corpos e enchendo o ar com os gritos mais pungentes.

– Eu não esperava tanta bondade de alma – disse afinal a Cacambo, o qual replicou:

– Bela coisa fez o patrão! Acaba de matar os amantes dessas moças.

– Seus amantes! Será possível? Estás zombando de mim, Cacambo. Como vou acreditar numa coisa dessas?

– O senhor, meu caro patrão, anda sempre a espantar-se de tudo; por que acha tão estranho que nalguns países haja macacos que obtém favores femininos? Eles têm um quarto de homens, como eu tenho um quarto de espanhol.

– Ah! – disse Cândido, – lembro-me de ter ouvido a Pangloss que outrora aconteciam tais acidentes, e que tal mescla produzira egipãs, faunos, sátiros; que várias personagens da antiguidade os haviam visto; mas eu tomava tudo isso por fábulas.

– Agora deve estar convencido de que é verdade – disse Cacambo, – e bem vê como se comportam nesse ponto as pessoas que não receberam certa educação. O que eu temo é que essas damas nos metam em maus lençóis.

Essas reflexões induziram Cândido a deixar o prado e meter-se no bosque, onde jantaram. E, depois de terem amaldiçoado o inquisidor de Portugal, o governador de Buenos Aires e o barão, adormeceram sobre a relva. Ao despertar, sentiram que não podiam mover-se; era que, durante a noite, os orelhões, habitantes da região, a quem as duas damas os denunciaram, os haviam amarrado com cipós. Estavam cercados de uns cinquenta orelhões nus, armados de flechas, maças e machados de pedra. Uns punham ao fogo uma grande caldeira; outros preparavam espetos. E todos gritavam:

– É um jesuíta, é um jesuíta! Estamos vingados! Agora sim! Vamos comer jesuíta! Vamos comer jesuíta!

– Bem que eu lhe dizia, patrão – exclamou tristemente Cacambo, – que aquelas duas nos iam pregar uma boa!

Cândido, atentando na caldeira e nos espetos, lamentou-se:

Com toda a certeza vamos ser assados ou fervidos. Ah! o que não diria Mestre Pangloss, se visse como é a pura natureza! Tudo está bem; seja, mas confesso que é muito cruel perder a senhorita Cunegundes e ser assado ao espeto pelos orelhões.

Cacambo, esse, nunca perdia a cabeça.

– Não desespere de nada – disse ele ao desolado Cândido. – Entendo um pouco o jargão dessa gente; vou falar-lhes.

– Não te esqueças – recomendou Cândido – de lhes significar o quanto é desumano cozinhar pessoas, e como esse procedimento é pouco cristão.

– Senhores – disse-lhes Cacambo, – pretendeis comer hoje um jesuíta: muito bem; nada mais justo do que tratar assim aos inimigos. O direito natural nos autoriza, com efeito, a matar o próximo, e é assim que se faz em toda a terra. Se não usamos do direito de o comer, é que temos com que passar bem de outra maneira; mas vós não tendes os mesmos recursos que nós; e sem dúvida mais vale comer o inimigos que abandonar ao corvos e gralhas o fruto da vitória. Acreditais pôr um jesuíta no espeto, e no entanto é ao vosso defensor, ao inimigo de vossos inimigos que ides assar. Quanto a mim, nasci em vossa terra; e o cavalheiro que vede. é meu patrão e, longe de ser um jesuíta, acaba exatamente de matar um deles e apoderar-se de seus despojos: daí o vosso engano. Para verificar o que vos digo, tomai a sua batina e levai-a à primeira barreira do reino dos Padres; informai-vos se o meu patrão não matou um oficial jesuíta. Isso demandará pouco tempo; e podereis comer-nos depois, se descobrirdes que estou mentindo. Mas eu vos disse a verdade, e muito bem conheceis os princípios do direito público, os costumes e as leis, para que não deixeis de nos poupar a vida.

Os orelhões acharam muito razoável tal discurso; deputaram dois notáveis para irem em comissão Informar-se da verdade; os dois emissários desempenharam-se a contento e voltaram logo com a boa notícia. Os orelhões soltaram os dois prisioneiros, fizeram-lhes toda sorte de gentilezas, ofereceram-lhes moças, serviram-lhes refrescos e os conduziram até as fronteiras de seus Estados, gritando alegremente: "Ele não é jesuíta! Ele não é jesuíta!"

Cândido não se cansava de admirar-se do motivo da libertação. "Que povo! – dizia ele. – Que homens! Que costumes! Se eu não tivesse tido a ventura de atravessar a espada o irmão da senhorita Cunegundes, seria comido sem remissão. Afinal de contas, a pura natureza é boa mesmo, pois essa gente, em vez de me devorar, cumulou-me de gentilezas ao saber que eu não era jesuíta!

XVII

Da chegada de Cândido e Cacambo à terra do Eldorado, e do que ali presenciaram

Chegados que foram à fronteira, dos orelhões, disse Cacambo a Cândido:

– Bem vê o patrão que este hemisfério não vale mais que o outro: voltemos à Europa pelo caminho mais curto.

– Como voltar? E para onde ir? Se vou para a minha terra, lá andam os búlgaros e abaros a degolar a torto e a direito; se volto a Portugal, me queimam vivo; se ficamos por aqui, arriscamo-nos a todo momento a ir para o espeto. Mas como me resolver a deixar a parte do mundo em que reside a senhorita Cunegundes?

– Vamos para Caiena – propõe Cacambo. – Lá encontraremos franceses, que andam por toda parte; poderão ajudar-nos. Deus talvez se amerceie de nós.

Não era fácil irem a Caiena; sabiam mais ou menos em que rumo deveriam marchar, mas rios, montanhas, precipícios, bandoleiros, selvagens, constituíam por toda parte terríveis obstáculos.

Os cavalos morreram de fadiga; as provisões findaram; alimentaram-se um mês inteiro de frutos silvestres e foram dar enfim a um rio marginado de coqueiros, que lhes sustentaram a vida e as esperanças. Cacambo, que dava sempre tão bons conselhos como a velha, disse a Cândido:

– Não podemos aguentar mais, já caminhamos demasiado. Vejo uma canoa abandonada à margem. Vamos enchê-la de coco e deixemo-nos vogar na correnteza: um rio leva sempre a algum lugar habitado. Se não encontrarmos coisas agradáveis, encontraremos pelo menos coisas novas.

Vamos – disse Cândido, – e recomendemo-nos à Providência.

Vogaram algumas léguas entre margens ora luxuriantes, ora desertas, ora planas, ora escarpadas. O rio cada vez se alargava mais, até perder-se debaixo de uma abóbada de rochedos temerosos que se erguiam até as nuvens. O rio, apertado naquele local, arrastou-os com uma rapidez e fragor terríveis. Ao cabo de vinte e quatro horas tornaram a ver a luz do dia; mas a canoa se espatifou contra os recifes; foi preciso arrastarem-se de rochedo em rochedo durante uma légua inteira; afinal descobriram um horizonte imenso, bordado de montanhas inacessíveis.

Toda aquela região era cultivada tanto para o prazer como para a necessidade; por toda parte o útil era agradável. Os caminhos eram transitados, ou antes, ornados de viaturas de forma original e de um material esplêndido, que conduziam homens e mulheres de singular beleza. Puxavam-nas grandes carneiros vermelhos que ultrapassavam, em rapidez, os mais belos cavalos da Andaluzia, de Tetuan e de Mequinez.

– Cá está – um país – disse Cândido – que vale mais do que a Vestfália.

Parou com Cacambo na primeira aldeia que encontraram. Alguns meninos, vestidos de brocados de ouro bastante rasgados, jogavam patela à entrada do burgo; os nossos dois homens do outro mundo se distraíram a olhá-los: as pedras com que jogavam eram redondas, bastante volumosas, amarelas, vermelhas, verdes, e lançavam um brilho singular. Os viajantes sentiram desejos de as apanhar; eram pepitas de ouro e esmeraldas e rubis, a menor das quais seria o maior ornamento do trono do Grão Mogol.

– Sem dúvida – disse Cacambo, – são os filhos do rei que estão jogando patela.

Nesse instante apareceu o mestre-escola, para os fazer regressarem às aulas.

– Eis – disse Cândido – o preceptor da família real. Os pequenos maltrapilhos abandonaram imediatamente o jogo, deixando no chão as suas pedras e tudo o que lhes servira para o brinquedo. Cândido apanha-as, corre ao preceptor, e lhas apresenta humildemente, dando-lhe a entender, por sinais, que suas Altezas haviam esquecido o seu ouro e pedrarias. O mestre-escola, sorrindo, jogou fora tudo aquilo, olhou muito surpreendido para o rosto de Cândido, e continuou seu caminho.

Os viajantes não deixaram de apanhar o ouro, os rubis e as esmeraldas.

– Onde estamos? – exclamou Cândido. – Os príncipes deste país devem ser multo bem educados, pois lhes ensinam a desprezar o ouro e as pedrarias.

Cacambo estava tão surpreso como Cândido. Aproximaram-se enfim da primeira casa da aldeia; era construída como um palácio da Europa. Grande multidão se acotovelava à porta, e mais ainda no interior da casa, ouvia-se agradável música e vinha lá de dentro um delicioso cheiro de cozinha. Cacambo aproximou-se da porta e percebeu que falavam peruviano; era a sua língua materna: pois todo o mundo sabe que Cacambo nascera em Tucuman, em uma aldeia onde só conheciam essa língua.

– Isto aqui é uma estalagem – disse ele a Cândido, – entremos, que eu lhe servirei de intérprete.

Em seguida, dois rapazes e duas raparigas da casa, com roupas de tecido de ouro e os cabelos atados com fitas, os convidam a sentar-se à mesa comum. Serviram quatro qualidades de sopa, acompanhadas cada uma de dois papagaios, um condor ensopado que pesava duzentas libras, dois macacos grelhados de excelente gosto, uma travessa com trezentos colibris, massas deliciosas; e tudo em pratos de uma espécie de cristal de rocha, os criados e criadas da estalagem serviam várias bebidas feitas da cana de açúcar.

Os convivas eram na maior parte comerciantes e cocheiros, todos de extrema polidez; fizeram algumas perguntas a Cacambo com a discrição mais circunspecta, e responderam às suas de maneira satisfatória.

Terminada a refeição, Cacambo achou, assim como Cândido, que pagaria muito bem a sua parte deixando sobre a mesa duas grandes pepitas de ouro que apanhara, o que provocou no estalajadeiro e sua mulher uma explosão de riso, que não acabava mais. Afinal se dominaram:

– Senhores – disse o patrão, bem vemos que são estrangeiros; não estamos acostumados a vê-los todos os dias. Perdoem se começamos a rir quando nos deram em pagamento as pedras da rua. Com certeza não possuem os senhores moeda nacional, mas não é preciso dinheiro para almoçar aqui. Todas as estalagens estabelecidas para comodidade do comércio são pagas pelo governo. Os senhores não passaram muito bem aqui porque esta é uma aldeia muito pobre, mas noutras localidades hão de ser recebidos como merecem. Cacambo explica a Cândido as palavras do estalajadeiro, e Cândido as escutava com a mesma admiração e espanto com que seu amigo Cacambo lhas transmitia.

– Que pais é este – pensavam eles, – desconhecido do resto do mundo, e onde toda a natureza é de uma espécie tão diferente da nossa? Provavelmente é o país onde tudo está bem – considerava Cândido, – pois é preciso absolutamente que haja um dessa espécie. E, apesar do que dizia mestre Pangloss, muitas vezes desconfiei que tudo estava mal em Vestfália.

XVIII

Das coisas que presenciaram na terra do Eldorado

Cacambo manifestou ao hospedeiro toda a sua curiosidade; e este lhe disse:

– Sou muito ignorante, e aliás me dou bem assim; mas temos aqui um velho retirado da Corte, que é o homem mais sábio do reino, e muito comunicativo. Em seguida conduz Cacambo à residência do velho. Cândido não desempenhava mais que o papel de segunda personagem, e acompanhava a seu criado. Entraram numa casa muito simples, pois a porta era apenas de prata e as salas modestamente revestidas de ouro, mas tudo trabalhado com tanto gosto que nada ficavam a dever aos mais ricos lambris. A antecâmara, na verdade, era incrustada somente de esmeraldas e rubis; mas a harmonia do conjunto compensava de sobra essa extrema simplicidade.

O velho recebeu os dois estrangeiros num sofá forrado de penas de colibri, e lhes mandou servir licores em taças de diamante. Depois disso, satisfez-lhes a curiosidade nos seguintes termos:

– Tenho cento e setenta e dois anos e ouvi de meu falecido pai, escudeiro do Rei, as espantosas revoluções do Peru, de que ele foi testemunha. O reino onde estamos é a antiga pátria dos incas, que daqui saíram imprudentemente para ir subjugar uma parte do mundo, e que foram afinal reduzidos ao aniquilamento pelos espanhóis. Mais sábios se mostraram os príncipes que permaneceram em seu país natal; ordenaram, com o consentimento da nação, que nenhum habitante jamais saísse do nosso pequeno reino; e foi isso que nos conservou a nossa inocência e felicidade. Os espanhóis tiveram um confuso conhecimento deste país, a que chamaram Eldorado, e um inglês, o cavaleiro Raleigh. chegou até a aproximar-se daqui há cerca de cem anos; mas, como estamos cercados de rochedos inacessíveis e de precipícios, conservamo-nos até agora ao abrigo da rapacidade dos europeus, que têm uma inconcebível loucura pelas pedras e a lama da nossa terra, e que, para as conseguir, são capazes de nos matar a todos, até o último.

A conversação foi longa; versou sobre a forma de governo, os costumes, as mulheres, os espetáculos públicos, as artes. Afinal Cândido, que sempre tivera gosto pela metafísica, indagou, por intermédio de Cacambo, se no país não havia uma religião.

O velho enrubesceu um pouco.

– Como pode o senhor duvidar de tal coisa? – perguntou ele. – Será que nos toma por ingratos?

Cacambo perguntou humildemente qual era a religião do Eldorado.

O velho corou de novo.

– Acaso pode haver duas religiões? – disse ele. – Temos, creio eu, a religião de todo o mundo: adoramos a Deus dia e noite.

– Não adoram senão a um único Deus? – interrogou Cacambo, sempre servindo de intérprete às dúvidas de Cândido.

– Quer-me parecer – tornou o velho, formalizado, – que não há nem dois, nem três, nem quatro deuses. Francamente, fazem cada pergunta! Cândido não se cansava de interrogar o bom do velho; quis saber como rezavam a Deus no Eldorado. Não lhe rezamos – disse o bom e respeitável sábio.

– Nada temos que lhe pedir; ele nos deu tudo o que precisamos; nós lhe agradecemos sem cessar.

Cândido teve curiosidade de ver os sacerdotes; e perguntou onde estavam.

O bom do velho sorriu.

– Meus amigos – disse ele, – nos todos somos sacerdotes; cada manhã, o rei e todos os chefes de família entoam, solenemente, cânticos de ações de graça; e cinco ou seis mil músicos os acompanham.

– Como, os senhores não têm padres que ensinam, que disputam, que governam, que cabalam, e que mandam queimar as pessoas que não são da sua opinião?

– Só se fôssemos loucos- disse o velho. – Aqui somos todos da mesma opinião, e não entendemos o que quer o senhor dizer com os seus padres.

Cândido, a cada uma dessas palavras, cala em êxtase e dizia consigo: "Como tudo isto é diferente da Vestfália e do castelo do senhor barão! Se o nosso amigo Pangloss visse o Eldorado, não diria mais que o castelo de Thunder-ten-tronckh era o que havia de melhor sobre a face da terra; não há dúvida de que é preciso viajar".

Depois dessa longa conversação, o velho mandou atrelar uma carruagem de seis carneiros e cedeu, aos dois viajantes, doze de seus criados, para os conduzirem à Corte.

– Desculpem-me – lhes disse ele, – se a minha idade me priva da honra de os acompanhar, o Rei os receberá de maneira que não fiquem descontentes; e sem dúvida hão de perdoar aos costumes do país, se houver alguns que lhes desagradem.

Cândido e Cacambo sobem na carruagem; os seis carneiros voavam, e em menos de duas horas chegaram os visitantes ao palácio do rei, situado num extremo da capital. O pórtico media duzentos e vinte pés de altura por cem de largura; impossível dizer de que material era construído. Mas bem se imagina que superioridade prodigiosa não deveria ter sobre esses calhaus a que chamamos ouro e pedrarias.

Vinte belas moças da guarda real receberam Cândido e Cacambo à entrada, conduziram-nos aos banhos, vestiram-nos com uma roupa de um tecido de penugem de colibri, Depois disso, os altos dignitários e as altas dignitárias da Coroa os levaram ao apartamento de Sua Majestade, em meio de duas filas de mil músicos cada uma, segundo o costume ordinário. Quando se aproximavam da sala do trono, perguntou Cacambo a um alto dignitário como se deveria fazer para saudar a Sua Majestade; se a gente se lançava de joelhos ou de bruços; se devia pôr as mãos na cabeça ou às costas; se era preciso lamber a poeira da sala; numa palavra, qual era o cerimonial. "O uso – disse o alto dignitário – é abraçar o rei e beijá-lo nas duas faces", Cândido e Cacambo saltaram ao pescoço de Sua Majestade, que os recebeu com toda a graça imaginável e os convidou polidamente para cear.

Enquanto esperavam, mostraram-lhes a cidade, os edifícios públicos que iam até as nuvens, os mercados de mil colunas, as fontes de água pura, as fontes de água de rosas, as de licor de cana de açúcar que corriam continuamente nas grandes praças, pavimentadas de uma espécie de pedraria que exalava um cheiro semelhante ao do cravo e da canela. Cândido pediu para ver o palácio da justiça; disseram-lhe que era coisa que não havia e que não pleiteavam nunca. Informou-se se havia prisões, e disseram-lhe que não, o que mais o surpreendeu, e maior prazer lhe causou, foi o palácio das ciências, no qual viu uma galeria de dois mil passos, cheia de instrumentos de matemática e física.

Depois de haverem percorrido, toda a tarde, mais ou menos a milésima parte da cidade, reconduziram-nos a palácio. Cândido sentou-se à mesa entre Sua Majestade, seu criado, Cacambo e várias damas. Jamais houve melhor passadio, e nunca se demonstrou tanto espírito à mesa como Sua Majestade. Cacambo explicava as frases do rei a Cândido, as quais, embora traduzidas, pareciam sempre boas frases. De tudo quanto espantava Cândido, não foi isso o que menos o espantou.

Passaram um mês de hóspedes. Cândido não cessava de confessar a Cacambo:

– Mais uma vez te digo que o castelo onde nasci não vale, na verdade, o país em que nos achamos; mas, afinal de contas, aqui não está a senhorita Cunegundes, e tu, sem dúvida, amas alguém na Europa.

Se ficarmos aqui, não seremos mais que os outros; ao passo que, se voltarmos para o nosso mundo apenas com doze carneiros carregados com o cascalho do Eldorado, seremos mais ricos que todos os reis em conjunto, não mais teremos que temer a inquisidores e poderemos facilmente recuperar a senhorita Cunegundes.

Tais palavras agradaram a Cacambo. O fato é que a gente gosta tanto de fazer-se valer entre os seus, de paradear o que viu pelo mundo, que os dois felizardos resolveram não mais o ser, e pediram a Sua Majestade licença para deixar o país.

– Cometeis uma tolice – lhes disse o rei. – Bem sei que o meu país pouco vale; mas, quando se está passavelmente nalguma parte, o mais acertado é não mudar de ares. Não me assiste o direito de reter a estrangeiros; seria uma tirania que não está nem nos nossos costumes nem nas nossas leis: todos os homens são livres; podeis partir quando bem quiserdes; a saída, porém, é muito difícil. É impossível remontar a rápida torrente sobre a qual chegastes por milagre e que corre sob as abóbadas dos rochedos. As montanhas, que circundam todo o meu reino, têm dez mil pés de altura e são verticais como muralhas; ocupam cada uma, em largura, um espaço de mais de dez léguas; e, depois de galgadas, só é possível desce-las por perigosos precipícios. No entanto, se quereis absolutamente partir, vou ordenar aos intendentes das máquinas que construam uma que vos possa transportar comodamente. Depois de vos conduzirem ao alto das montanhas, ninguém vos poderá acompanhar; pois os meus súditos fizeram o juramento de nunca sair desse recinto, e são bastante sensatos para que possam faltar à palavra. Podeis, em todo caso, pedir-me tudo o que quiserdes.

– Apenas pedimos a Vossa Majestade – disse Cacambo – alguns carneiros carregados de víveres e dessas pedras e da lama do Eldorado.

O rei pôs-se a rir.

– Não posso conceber – disse ele – que gosto têm os europeus pela nossa lama amarela, mas levai quanta quiserdes e bom proveito vos faça.

Ordenou imediatamente que seus engenheiros construíssem uma poderosa máquina para guindar além do reino aqueles dois homens extraordinários. Três mil bons físicos puseram mãos à obra; ficou pronta ao cabo de quinze dias, e não custou mais de vinte milhões de libras esterlinas, na moeda do país. Puseram Cândido e Cacambo sobre a máquina; havia dois grandes carneiros vermelhos para lhes servirem de montaria quando houvessem franqueado as montanhas – vinte -, outros carregados de viveres, trinta com presentes do que o país possuía de mais curioso, e cinquenta carregados de ouro, de pedrarias e diamantes, o rei beijou afavelmente os dois vagabundos.

Foi um belo espetáculo a sua partida, e a engenhosa maneira como foram içados, eles e os carneiros, ao alto das montanhas. Os físicos se despediram depois de os ter deixado em segurança. E Cândido não teve mais outro desejo e objeto que ir apresentar seus carneiros à senhorita Cunegundes.

– Temos – disse ele – com que pagar ao governador de Buenos Aires, se a senhorita Cunegundes pudesse ser posta a prêmio. Marchemos para Caiena, embarquemos, e veremos depois que reino se poderá comprar.

XIX

Do que lhes sucedeu no Surinam e de como Cândido travou conhecimento com Martinho

O primeiro dia dos nossos dois viajantes foi bastante agradável. Animava-os a ideia de se saberem donos de mais tesouros do que poderiam reunir a Ásia, a Europa e a África. Cândido, transportado, ia gravando nas árvores o nome de Cunegundes. No dia seguinte, dois dos carneiros tombaram num pântano, desaparecendo com a carga; dois outros morreram de fadiga alguns dias depois; sete ou oito pereceram em seguida de fome num deserto; outros, ao fim de alguns dias, tombaram em precipícios. Afinal, após cem dias de marcha, só lhes restavam dois carneiros.

– Vê, meu amigo – disse Cândido a Cacambo, – como são perecíveis as riquezas do mundo; só há de sólido a virtude, e a ventura de tornar a ver a senhorita Cunegundes.

– Confesso-o – disse Cacambo, – mas restam-nos ainda dois carneiros com maiores riquezas do que jamais as poderá ter o rei da Espanha, e vejo ao longe uma cidade que suponho ser Surinam, pertencente aos holandeses. Estamos no fim de nossas penas e o começo de nossa felicidade. Quando se aproximavam da cidade, encontraram um negro caído no chão, não tendo mais que metade do vestuário, isto é, umas calças de pano azul; faltava àquele pobre homem a perna esquerda e a mão direita.

– Meu Deus! – lhe disse Cândido em holandês. – Que fazes aí, meu amigo, no horrível estado em que te vejo?

– Espero meu patrão, o famoso negociante senhor Vanderdendur.

– E foi o senhor Vanderdendur quem te deixou nesse estado?

– Sim, é o costume – disse o negro. – Por todo vestuário, dão-nos umas calças duas vezes por ano. Quando trabalhamos nas usinas de açúcar e o rebolo nos apanha o dedo, cortam-nos a mão; quando tentamos fugir, cortam-nos a perna: incorri em ambos os casos. É por esse preço que os senhores comem açúcar na Europa. No entanto, quando me vendeu por dois escudos patagônicos na Costa da Guiné, minha mãe me dizia: "Bendiz a nossos fetiches, meu querido filho, adora-os sempre, eles farão com que vivas feliz; tens a honra de ser escravo dos nossos senhores brancos, e com isso fazes a fortuna de teu pai e de tua mãe". Ai! se fiz a fortuna deles é coisa que eu não sei, mas eles não fizeram a minha. Os cachorros, macacos e papagaios são mil vezes menos infelizes que nós. Todos os domingos, os fetiches holandeses que me converteram me dizem que nós, brancos e negros, somos todos filhos de Adão Não sou genealogista mas se esses pregadores dizem a verdade, somos todos primos-irmãos. Ora, hão de confessar-me que é impossível tratar os parentes de modo mais horrível.

– Ó Pangloss! – exclamou Cândido. – Não tinhas imaginado esta abominação; não há remédio, acabo renegando o teu otimismo.

– Que é otimismo? – Indagou Cacambo.

– É a mania de sustentar que tudo está bem quando tudo está mal – suspirou, Cândido. E derramava lágrimas ao contemplar o negro, e, assim chorando, entrou em Surinam.

A primeira coisa de que se informam é se não haveria no porto algum navio que se pudesse enviar a Buenos Aires. Aquele a quem se dirigiram era justamente um capitão espanhol, que se ofereceu para fechar com eles um honesto contrato. Marcou-lhes encontro numa taverna. Cândido e o fiel Cacambo foram esperá-lo com seus dois carneiros.

– Cândido, que tinha o coração na boca, contou ao espanhol todas as suas aventuras, e confessou-lhe que queria raptar a senhorita Cunegundes.

– Deus me livre de o levar a Buenos Aires – disse o capitão. – Eu seria enforcado, e o senhor também. A bela Cunegundes é a amante favorita do senhor governador. Tais palavras causaram em Cândido o efeito de um raio.

Depois de muito chorar, chamou Cacambo à parte:

– Eis o que deves fazer, meu caro amigo. Temos cada um no bolso uns cinco ou seis milhões em diamantes; tu és mais hábil do que eu; vai buscar a senhorita Cunegundes em Buenos Aires. Se o governador opuser algumas dificuldades, dá-lhe um milhão; se não render-se, dá-lhe dois; não mataste nenhum inquisidor, ninguém desconfiará de ti. Equiparei outro navio; irei esperar-te em Veneza; é um país livre, onde nada se tem a temer nem de búlgaros, nem de abaros, nem de judeus, nem de inquisidores. Cacambo aplaudiu esta sábia resolução. Achava-se desesperado por ter de separar-se de um bom patrão, que se tornara seu amigo íntimo; mas o prazer de lhe ser útil venceu a dor de o deixar. Abraçaram-se em pranto. Cândido recomendou-lhe que não se esquecesse da boa velha. Cacambo partiu no mesmo dia: era um excelente homem, esse Cacambo.

Cândido permaneceu ainda algum tempo em Surinam, esperando que outro comandante quisesse levá-lo à Itália, com os dois carneiros que lhe restavam. Contratou criados e adquiriu o necessário para tão longa viagem. Afinal o senhor Vanderdendur, capitão de um grande navio, veio apresentar-se a ele.

– Quanto quer – perguntou-lhe Cândido – para me levar diretamente a Veneza, com o meu pessoal, a minha bagagem e estes dois carneiros?

O capitão propôs dez mil piastras. Cândido não hesitou.

– Oh! Oh! – disse consigo o prudente Vanderdendur, esse estrangeiro desembolsa dez mil piastras sem pestanejar! Deve ter muito dinheiro!

Voltando logo depois, fez-lhe ver que não poderia partir por menos de vinte mil.

– Por isso não haja dúvida – disse Cândido.

– Sim senhor! – disse baixinho o comandante. – Com que então esse homem dá vinte mil piastras com a mesma facilidade com que desembolsa dez mil!!

Voltou de novo e disse que não podia conduzi-lo a Veneza por menos de trinta mil piastras.

– Bem, o senhor terá as suas trinta mil piastras – respondeu Cândido.

– Oh! Oh! – pensou ainda, o holandês. – Trinta mil piastras não custam nada a esse homem. Decerto os dois carneiros carregam tesouros imensos. Não insistamos: agora é receber as trinta mil. Depois veremos.

Cândido vendeu dois pequenos diamantes, o menor dos quais valia mais que todo o dinheiro que exigia o capitão. Pagou adiantado. Foram embarcados os dois carneiros. Cândido seguia num pequeno barco para alcançar o navio na enseada; o patrão não perde tempo, põe o navio em marcha; o vento o favorece. Cândido, estupefato e desvairado, perde-o logo de vista. "Ela um golpe digno do velho mundo!" – exclama ele. Volta para a margem, cheio de dor; pois afinal de contas perdera o bastante para fazer a fortuna de vinte monarcas.

Vai ter com o juiz holandês; e, como estava um pouco perturbado, bate violentamente à porta; entra e expõe a sua aventura, gritando um pouco mais alto do que convinha. O juiz começou por obrigá-lo a pagar dez mil piastras pelo barulho que fizera. Depois escutou-o pacientemente e prometeu examinar o seu caso logo que o capitão regressasse, e cobrou mais dez mil piastras pelos gastos da audiência.

Isso acabou de exasperar a Cândido; passara na verdade – por coisas dez mil vezes mais dolorosas, mas o sangue frio do juiz e do comandante que o roubara lhe assanharam a bílis, mergulhando-o em negra melancolia. A maldade dos homens apresentava-se-lhe ao espirito em toda a sua hediondez: Cândido só alimentava ideias tristes. Afinal, estando um navio francês de partida para Bordéus, e como ele não mais tinha carneiros carregados de diamantes para embarcar, alugou a preço razoável um camarote, mandando espalhar pela cidade que pagaria a passagem, a comida, e daria duas mil piastras, ao homem que fizesse a viagem em sua companhia, sob a condição de que esse fosse o homem mais desgostoso da sua condição e o mais infeliz da província.

Apresentou-se uma multidão de pretendentes que uma frota não poderia conter. Cândido escolheu umas vinte pessoas que lhe pareceram bastante sociáveis e que pretendiam merecer a preferência. Convidou-as a cear numa estalagem, com a condição de que cada uma jurasse contar fielmente a sua história, prometendo escolher aquele que lhe parecesse mais digno de lástima e mais razões tivesse de descontentamento, e distribuir aos outros algumas gratificações.

A sessão durou até as quatro da madrugada. Cândido, escutando todas aquelas aventuras, lembrava-se do que lhe dissera a velha na viagem para Buenos Aires, e da aposta que fizera, de que não havia ninguém a bordo a quem não houvessem acontecido as maiores desgraças. "Esse Pangloss – pensava ele deveria ficar muito embaraçado para demonstrar o seu sistema. Queria que ele estivesse aqui. Certamente, se tudo vai bem, é no Eldorado, e não no resto da terra". Decidiu-se afinal per um pobre sábio que trabalhara dez anos para os livreiros de Amsterdã. Julgou que não havia ofício no mundo de que se pudesse ficar mais desgostado.

O referido sábio, que era aliás um excelente homem, for a roubado pela mulher, batido pelo filho e abandonado pela filha, que se fizera raptar por um português. Acabava de ser privado de um modesto emprego de que vivia, e os pregadores de Surinam o perseguiam porque o tomavam por sociniano. Cumpre confessar que os outros eram pelo menos tão infelizes quanto ele; mas Cândido esperava que o sábio o distraísse durante a viagem. Os rivais acharam que Cândido lhes fazia uma grande injustiça, mas este os sossegou, dando cem piastras a cada um.

XX

Do que aconteceu a Cândido e Martinho durante a viagem

O velho sábio, que se chamava Martinho, embarcou pois para Bordéus em companhia de Cândido. Um e outro já tinham muito visto e sofrido; e, mesmo que o navio zarpasse de Surinam para o Japão, pelo cabo da Boa Esperança, teriam eles com que discorrer sobre o mal moral e o mal físico durante toda a viagem.

Cândido, no entanto, levava grande vantagem sobre Martinho: esperava rever a senhorita Cunegundes, e Martinho não esperava coisa alguma; de mais a mais, possuía ouro e diamantes; e, embora houvesse perdido cem grandes carneiros vermelhos carregados dos maiores tesouros da terra, embora continuasse a doer-lhe a velhacaria do capitão holandês, quando pensava no que lhe restava nos bolsos, e quando falava de Cunegundes, sobretudo ao fim do jantar, sentia-se então inclinado para o sistema de Pangloss.

– Mas e o senhor – perguntou ele a Martinho, – que pensa de tudo isso? Qual é a sua ideia sobre o mal moral e o mal físico?

– Senhor – respondeu Martinho, – os sacerdotes me acusaram de sociniano; mas a verdade é que eu sou maniqueu.

– O senhor está troçando – observou Cândido, – pois não existem mais maniqueus no mundo.

– Existo eu – protestou Martinho, – não sei o que fazer, mas não posso pensar de outra maneira.

– O senhor deve estar com o diabo no corpo – disse Cândido.

– Tanto se mete ele nas coisas deste mundo – respondeu Martinho, – que bem poderia estar no meu corpo, como em toda parte aliás. Mas confesso-lhe que, lançando o olhar sobre este globo, ou antes, sobre este glóbulo, penso que Deus o abandonou a algum ser maléfico; excetuo contudo o Eldorado. Nunca vi cidade que não desejasse a ruína da cidade vizinha, nem família que não quisesse exterminar alguma outra família. Por toda parte, os fracos abominam os poderosos perante os quais rastejam, e os poderosos os tratam como rebanhos de que vendem a lã e a carne. Um milhão de assassinos arregimentados, correndo de um a outro extremo da Europa, exercem o morticínio e a pilhagem com toda a disciplina, porque não têm ofício mais honrado; e, nas cidades que parecem desfrutar da paz e onde florescem as artes, os homens são devorados de mais inveja, de mais cuidados e inquietações do que experimenta de flagelos uma cidade cercada pelo inimigo. Os pesares secretos são ainda mais cruéis do que as misérias públicas. Numa palavra, tanto vi e tanto sofri, que sou maniqueu.

– No entanto, algo existe de bom – replicava Cândido.

– Pode ser – dizia Martinho, – mas não o conheço. Em meio a essa disputa, ouve-se um ruído de canhão. O fragor redobra de instante a instante. Cada qual empunha a sua luneta. Avistam-se dois navios que combatiam a uma distância de cerca de três milhas; o vento os arrastou para tão próximo do navio francês, que todos tiveram o prazer de assistir comodamente ao combate. Afinal um dos navios mandou ao outro um tiro tão baixo e tão certeiro, que o pôs a pique. Cândido e Martinho avistaram nitidamente uma centena de homens sobre o convés do navio que afundava; erguiam todos as mãos ao céu e lançavam terríveis clamores; em um momento, tudo desapareceu.

– Bem! Eis como se tratam os homens uns aos outros – disse Martinho.

– É bem verdade – assentiu Cândido – que há nisso alguma coisa de diabólico.

Enquanto assim falava, percebeu um vulto de um vermelho vivo, que nadava perto do navio. Baixaram uma chalupa para ver o que seria: era um de seus carneiros. Maior foi a alegra de Cândido ao encontrar aquele carneiro do que a sua aflição ao perder cem deles com os diamantes do Eldorado.

O capitão francês viu logo que o capitão do navio vencedor era espanhol, e o do navio afundado um pirata holandês, exatamente o mesmo que roubara a Cândido. As riquezas imensas de que se apoderara o celerado foram sepultadas com ele no fundo do mar, e, do que vinha a bordo, só se salvou um carneiro.

– Bem vê – disse Cândido a Martinho – que o crime é às vezes punido; esse patife do capitão holandês teve a sorte que merecia.

– Sim – disse Martinho, – mas era preciso que os passageiros que estavam a bordo também perecessem? Deus puniu esse patife, o diabo afogou os outros.

Entrementes, o navio francês e o espanhol continuaram viagem, e Cândido continuou suas conversações com Martinho. Discutiram quinze dias seguidos, e, ao fim de quinze dias, estavam tão adiantados como no primeiro. Mas afinal falavam, trocavam ideias, consolavam-se Cândido acariciava o seu carneiro. “Já que eu te encontrei – dizia ele, -, bem poderei encontrar Cunegundes”.

XXI

De como filosofam Cândido e Martinho ao avistar a costa francesa

Avistaram enfim o litoral da França.

– Nunca esteve na França? – indagou Cândido.

– Sim, percorri várias províncias. Algumas há de que metade dos habitantes são loucos, algumas onde são demasiado espertos, outras onde são geralmente pacíficos e simplórios, outras onde afetam espírito; e, em todas, a principal ocupação é o amor, a segunda a maledicência, e a terceira dizer tolices.

– Mas já esteve em Paris, senhor Martinho?

– Sim, já estive; Paris possui todas essas espécies; é um caos, uma aglomeração onde todos buscam o prazer e onde quase ninguém o encontra, pelo que me pareceu. Aliás, demorei-me pouco em Paris; na feira de Saint-Germain roubaram-me tudo o que tinha; eu próprio fui tomado por ladrão e estive preso durante oito dias; depois me fiz revisor para ganhar com que voltar a pé para a Holanda. Conheci a canalha escrevente, a canalha cabalante e a canalha convulsionária. Dizem que há gente muito polida em Paris; quero crer que assim seja.

– Quanto a mim – disse Cândido, – não tenho a mínima curiosidade de conhecer a França. Bem compreende o senhor que, depois que se passou um mês no Eldorado, a gente só se preocupa de ver a senhorita Cunegundes; vou esperá-la em Veneza; atingirei a Itália através da França. O senhor não me acompanha?

– Com muito gosto – respondeu Martinho. – Dizem que Veneza só é boa para os nobres venezianos, mas que no entanto recebem muito bem aos estrangeiros que têm bastante dinheiro. Não o tenho, o senhor o tem, seguí-lo-ei por toda a parte.

– A propósito – disse Cândido, – acha que a terra foi primitivamente um mar como se afirma nesse cartapácio que pertence ao capitão?

– Não creio absolutamente nisso – respondeu Martinho, – nem tampouco em nenhuma dessas fantasias que nos têm impingido ultimamente.

– Mas para que fim foi então formado este mundo? – indagou Cândido.

– Para nos enraivecer – respondeu Martinho.

– Não se admira o senhor do caso que lhe contei, daquelas raparigas do país dos orelhões, que amavam a uns macacos?

– Absolutamente. Nada vejo de estranho em tal paixão. Vi tantas coisas extraordinárias, que para mim não há mais nada de extraordinário.

– Acredita – perguntou Cândido – que os homens se hajam sempre massacrado, como o fazem hoje? Que sempre tenham sido mentirosos, trapaceiros, pérfidos, ingratos, ladrões, fracos, inconstantes, covardes, invejosos, glutões, bêbedos, avarentos, ambiciosos, sanguinários, caluniadores, debochados, fanáticos, hipócritas e tolos?

– E o senhor acredita – indagou por sua vez Martinho – que os gaviões tenham sempre devorado os pombos quando se lhes apresentava ocasião?

– Sim, certamente.

– E então – tornou Martinho, – se os gaviões sempre tiveram o mesmo caráter, como quer que os homens hajam mudado o seu?

– Oh! há alguma diferença – objetou Cândido – pois o livre arbítrio...

Enquanto assim filosofavam, chegaram a Bordéus.

XXII

Do que aconteceu na França a Cândido e Martinho

Cândido só se demorou em Bordéus o necessário para vender algum cascalho do Eldorado e adquirir uma boa liteira de dois lugares, pois não mais podia passar sem o seu filósofo Martinho. Sentiu apenas separar-se de seu carneiro, que doou à Academia de Ciências de Bordéus, a qual propôs para tese do concurso daquele ano a explicação do estranho pelo do referido animal; e o prêmio foi adjudicado a um sábio do Norte, que demonstrou por A mais B, menos C, dividido por Z, que o carneiro devia ser vermelho e morrer gafento.

Ora, sucedeu que todos os viajantes que Cândido encontrava nas estalagens do caminho lhe diziam: "Nós vamos a Paris". Pelo que também lhe deu vontade de ir a essa capital: não seria afastar-se muito do caminho de Veneza.

Entrou pelo Faubourg Saint-Marceau e julgou achar-se na pior aldeia da Vestfália.

Mal chegou ao seu albergue, foi Cândido acometido de uma leve indisposição proveniente da fadiga. Como trazia ao dedo um enorme diamante, e como haviam notado na sua bagagem um cofre extraordinariamente pesado, teve em seguida junto a si dois médicos que não mandara chamar, alguns amigos íntimos que não o deixavam, e duas devotas que lhe preparavam os caldos. "Lembro-me – dizia Martinho de que também adoeci em Paris durante a minha primeira viagem; era muito pobre: de modo que não tive nem amigos, nem devotas, nem médicos, e sarei."

No entanto, a força de remédios e sangrias, a doença de Cândido se tornou grave. Um padre da freguesia veio com todo o jeito pedir-lhe uma promissória pagável ao portador no outro mundo. Cândido não quis saber de conversas. As devotas lhe garantiram que era uma nova moda. Cândido respondeu que não era homem de modas. Martinho quis atirar o padre pela janela. O clérigo jurou que não enterrariam Cândido. Martinho jurou que enterraria o clérigo se este continuasse a importuná-los. A disputa acalorou-se; Martinho pegou-o pelos ombros e escorraçou-o rudemente; o que causou enorme escândalo, tendo-se lavrado um auto.

Cândido sarou e, durante a convalescença, nunca lhe faltou companhia à mesa. Jogavam à grande. Cândido muito se espantava de que nunca lhe viesse um ás; Martinho não se espantava nada.

Entre os que lhe faziam as honras da cidade, havia um padre do Périgord, um desses sujeitinhos expeditos, sempre alerta, sempre serviçais, descarados, aduladores, complacentes, que espiam a chegada dos forasteiros, contam-lhes o escândalo do dia e oferecem-lhes prazeres de todos os preços. Este levou primeiro Cândido e Martinho ao teatro. Cândido ficou colocado junto de alguns belos espíritos. O que não o impediu de chorar nas cenas perfeitamente representadas. Um dos críticos que estavam a seu lado lhe disse num entreato:

– O senhor faz muito mal em chorar: essa atriz é péssima; o ator que contracena com ela ainda é pior; a peça é pior que os atores; o autor não sabe uma palavra de árabe, e no entanto a cena se passa na Arábia; e, de resto, é um homem que não acredita nas ideias inatas: amanhã lhe trarei vinte brochuras contra ele.

– Quantas peças de teatro há. em França? – perguntou Cândido ao padre.

– Cinco ou seis mil.

– É muito – disse Cândido. – E quantas peças boas existem entre estas?

– Quinze ou dezesseis – replicou o outro.

– É muito – disse Martinho.

Cândido muito se agradou de uma atriz que fazia o papel de rainha Elizabeth em uma tragédia bastante insulsa que se representa algumas vezes.

– Aprecio muito essa atriz – disse ele a Martinho. – Parece-se com a senhorita Cunegundes. Gostaria de ir cumprimentá-la.

O padre ofereceu-se para fazer as apresentações. Cândido, educado na Alemanha, perguntou qual era a etiqueta e como se tratavam na França as rainhas da Inglaterra.

– Cumpre distinguir – disse o padre. – Na província, levam-nas à estalagem; em Paris, respeitam-nas quando são belas, e lançam-nas ao lixo depois de mortas.

– Rainhas no lixo! – exclamou Cândido.

– É verdade – confirmou Martinho. – o senhor padre tem razão: estava eu em Paris quando Mademoiselle Monime passou, como se diz, desta para melhor; recusaram-lhe o que chamam, aqui, as honras da sepultura, isto é, de apodrecer com todos os mendigos do bairro em um mau cemitério, foi enterrada, inteiramente só, ao fim da. rua de Borgonha; o que lhe deve causar uma pena extrema, pois pensava muito nobremente.

– Isto não é nada polido – observou Cândido.

– Que mais quer? – retrucou Martinho. – Esta gente é assim. Imagine todas as contradições, todas as incompatibilidades possíveis, que as há de encontrar no governo, nos tribunais, nas igrejas, nos teatros desta divertida nação.

– E verdade que riem sempre em Paris? – indagou Cândido.

– Sim – disse o padre, – mas riem de raiva; pois aqui se queixam de tudo às gargalhadas; até praticam, a rir, as mais detestáveis ações.

– E quem é – perguntou Cândido – esse animal que arrasava de tal maneira a peça que tanto me fez chorar e os atores que me causaram tanto prazer?

– É um pobre diabo – respondeu o padre – que ganha a vida falando mal de todas as peças e de todos os livros; odeia a todos os que triunfam, como os eunucos odeiam os que estão no gozo de seus atributos: é uma dessas serpentes da literatura que se alimentam de lama e veneno: é um foliculário.

– A que chama o senhor de foliculário?

– É – respondeu o padre – um escrevinhador de panfletos, um Fréror.

Era assim que Cândido, Martinho e o padre conversavam na escadaria do teatro, vendo desfilar o público.

– Embora esteja ansioso por tornar a ver a senhorita Cunegundes – disse Cândido, – gostaria de cear com a senhorita Clairon, pois ela me pareceu admirável.

O padre não era homem que se aproximasse de Mademoiselle Clairon, que tinha somente boas relações.

– Ela está comprometida para esta noite – disse ele, – mas terei a honra de levá-lo ao salão de uma dama de qualidade, onde o senhor ficará conhecendo Paris como se aqui passasse quatro anos.

Cândido, que era naturalmente curioso, deixou-se conduzir à casa da dama, no Faubourg Saint-Honoré. Ali se achavam entretidos num voltarete doze míseros parceiros, cada qual segurando um pequeno leque de cartas, desparelho registo dos seus infortúnios. Reinava profundo silêncio; estampava-se a palidez na face dos jogadores, e a inquietação na do banqueiro. A dona da casa, sentada junto ao implacável banqueiro, observava com olhos de lince todas as manobras com que os jogadores marcavam as cartas. Obrigava-os a desmarcarem, com a sua fiscalização severa mas polida, e sem nunca zangar-se, por medo de perder os clientes. A dama fazia-se tratar por marquesa de Parolignac. Sua filha, de quinze anos, também jogava, e denunciava, com um piscar de olhos, as trapaças daquela pobre gente, que procurava assim compensar as crueldades da sorte.

O padre, Cândido e Martinho entraram no salão; ninguém se ergueu, não os cumprimentou nem os olhou, tão absortos estavam no jogo.

– A senhora baronesa de Thunder-ten-tronckh era mais polida – observou Cândido.

O padre achegou-se ao ouvido da marquesa, que se ergueu a meio, honrando a Cândido com um gracioso sorriso e a Martinho com um nobre aceno de cabeça. Mandou dar uma cadeira e um baralho a Cândido, que perdeu cinquenta mil francos em duas paradas; depois do que, cearam alegremente, e todos se admiravam de que Cândido não se houvesse impressionado com as suas perdas; os lacaios murmuravam entre si, na sua linguagem de lacaios; "Deve ser algum milorde inglês".

A ceia foi como a maioria das ceias de Paris: primeiro, silêncio, depois uma indistinta vozearia, em seguida gracejos quase sempre insípidos, boatos, argumentos pobres, um pouco de política e muito de maledicência; falou-se até de livros novos.

– Já leram – perguntou o padre do Perigord. – o romance do senhor Gauchat, doutor em teologia?

– Sim – respondeu um dos convivas, – mas não pude terminá-lo. Temos uma profusão de escritos impertinentes, mas todos eles, em conjunto, não se aproximam sequer da impertinência de Gauchat, doutor em teologia; ando tão farto dessa imensidade de detestáveis livros que nos inundam que me pus a jogar voltarete.

– E que me diz das Mélanges do arquidiácono T...? – interrogou o padre.

– Ah! – exclamou Madame de Parolignac, – que indivíduo mais aborrecido! Com que compenetração nos diz ele o que todo o mundo sabe! Como discute pesadamente o que apenas merece ser notado! Com que falta de espírito se apropria do espírito alheio! Como estraga o que pilha! Como me aborrece! Mas isso não mais acontecerá basta-me ter lido algumas páginas do arquidiácono.

Havia ali um homem sábio e de bom gosto, que apoiou o que dizia a marquesa. Falou-se em seguida de tragédias. Perguntou a dama por que havia tragédias que se representavam algumas vezes, mas que não se podiam ler. O homem explicou muito bem como uma peça podia ter algum interesse e não possuir quase nenhum mérito. Provou em poucas palavras que não bastava conduzir uma ou duas dessas situações que se encontram em todos os romances e que sempre seduzem os espectadores, mas que cumpre ser novo sem ser estranho, muita vez sublime, e sempre natural; conhecer o coração humano e fazê-lo falar; ser grande poeta sem que nenhum dos personagens pareça poeta; conhecer perfeitamente a língua, falá-la com pureza, com uma harmonia contínua, sem que jamais a rima custe nada ao sentido. Quem quer que não observe todas essas regras, pode fazer uma ou duas tragédias aplaudidas no teatro, mas nunca será contado entre os bons escritores; tragédias boas, existem pouquíssimas; umas são idílios em diálogos, bem escritos e bem rimados; outras, arrazoados políticos que fazem dormir, ou amplificações que entediam; outras, sonhos de energúmenos, em estilo bárbaro, frases interrompidas, longas apóstrofes aos deuses, porque não sabem falar aos homens, máximas falsas, lugares-comuns empolados. Cândido ouviu atentamente tais palavras e formou a melhor ideia de quem as proferia; e, como estivesse ao lado da marquesa, tomou a liberdade de perguntar em voz baixa quem era aquele homem que falava tão bem.

– É um sábio – disse a dama, – que não joga e que o padre me traz algumas vezes para cear; entende perfeitamente de tragédias e livros, e escreveu uma tragédia vaiada e um livro, cujo único exemplar que já se viu fora das prateleiras do seu editor foi um que ele me dedicou.

– Que grande homem! – disse Cândido. – um outro Pangloss.

E voltando-se para ele perguntou-lhe:

– Decerto acha o senhor que tudo está o melhor possível no mundo físico e moral, e qúe nada podia ser de outra maneira?

– Eu, senhor, – retrucou o sábio, – não penso nada disso: acho que tudo anda às avessas; que ninguém sabe qual é a sua posição, nem o seu cargo, nem o que faz, nem o que deve fazer e que, excetuada esta ceia, que é bastante divertida e onde transparece suficiente harmonia, todo o resto do tempo se passa em impertinentes querelas: jansenistas contra molinistas, parlamentares contra eclesiásticos, homens de letras contra homens de letras, cortesãos contra cortesãos, financistas contra o povo, mulheres contra maridos, parentes contra parentes; é uma guerra eterna.

– Pior já vi eu – replicou Cândido. – Mas um sábio, que depois teve a desgraça de ser enforcado, ensinou-me que tudo vai às mil maravilhas; são tudo sombras num belo quadro.

– O seu enforcado zombava do mundo – disse Martinho.

– As tais sombras são manchas horríveis.

– São os homens que fazem as manchas – disse Cândido – e não podem deixar de o fazer.

– Então a culpa não é deles – observou Martinho.

A maioria dos parceiros, que nada entendiam dessa linguagem, bebiam comodamente. Martinho discutiu com o sábio e Cândido contou uma parte das suas aventuras à dona da casa.

Após a ceia, a marquesa levou Cândido para o seu gabinete e fê-lo sentar num canapé.

– E então, ainda continua a amar perdidamente a senhorita Cunegundes de Thunder-ten-tronckh?

– Sim, Madame – respondeu Cândido. A marquesa replicou-lhe com um terno sorriso:

– O senhor me responde como um jovem de Vestfália; um francês teria dito: “É verdade que amei a senhorita Cunegundes; mas, depois que vi a senhora marquesa, receio não mais amá-la”.

– Ah, Madame! – disse Cândido. – Responderel como a senhora quiser.

– A sua paixão por ela – tornou a marquesa – começou quando lhe apanhou o lenço. Pois bem: quero que apanhe a minha liga.

– De todo o coração – disse Cândido, e apanhou-a.

– Mas eu quero que a coloque no seu lugar – disse a dama. E Cândido colocou-a no devido lugar.

– O senhor é estrangeiro – disse a marquesa. – Pois saiba que eu às vezes faço penarem os meus pretendentes de Paris durante quinze dias, mas logo à primeira noite me rendo ao senhor, porque afinal é preciso fazer as honras do pais a um jovem da Vestfália.

E a bela, tendo percebido dois enormes diamantes nos dedos do seu jovem estrangeiro, pôs-se a elogiá-los com uma boa fé tão natural que insensivelmente eles passaram dos dedos de Cândido para os dedos da marquesa.

Cândido, ao voltar com o seu padre, sentiu remorsos de haver cometido uma infidelidade para com a senhorita Cunegundes; o padre compartilhou das suas penas; só lhe cabia uma pequena parte das cinquenta mil libras perdidas ao jogo por Cândido e do valor dos brilhantes meio dados, meio extorquidos, o seu intuito era aproveitar-se, o mais possível, das vantagens que lhe poderiam trazer as suas relações com Cândido. Falou-lhe muito de Cunegundes; e Cândido lhe disse que pediria perdão a ela da sua infidelidade, quando a encontrasse em Veneza.

O padre redobrava de polidez e atenções, e tomava um carinhoso interesse por tudo o que Cândido dizia, por tudo o que ele fazia, por tudo o que queria fazer.

– Com que então têm os dois um encontro em Veneza?

– Sim, senhor padre: é preciso absolutamente que eu me vá encontrar com a senhorita Cunegundes.

Então, dominado pelo prazer de falar do que amava, contou, segundo o seu costume, uma parte das aventuras que tivera com essa ilustre vestfaliana.

Suponho – disse o padre – que a senhorita Cunegundes tem muito espírito e deve escrever cartas encantadoras...

– Nunca recebi nenhuma carta da sua parte – confessou Cândido. – Pois imagine que, tendo sido expulso do castelo por causa dela, não me foi possível escrever-lhe; depois soube que ela morrera, em seguida a encontrei, e perdi-a de novo, e ultimamente lhe enviei um próprio a duas mil e quinhentas léguas daqui, e estou esperando alguma resposta.

O padre ouvia atentamente, e parecia um pouco pensativo. Logo se despediu dos dois estrangeiros, depois de os abraçar com todo o carinho.

No dia seguinte, ao despertar, Cândido recebeu uma carta concebida nos seguintes termos:

Meu querido, já faz oito dias que estou enferma nesta cidade, e acabo de saber que aqui também te achas. Voaria logo para os teus braços, se pudesse mover-me. Soube da tua passagem em Bordéus; ah deixei o fiel Cacambo e a velha, que devem em seguida vir a meu encontro. O governador de Buenos Aires tudo me tomou, mas ainda me resta o teu coração. Vem, a tua presença me devolverá a vida, ou me fará morrer de alegria.

Essa encantadora e inesperada carta transportou Cândido ao mais inexprimível júbilo, ao passo que a doença da sua querida Cunegundes o acabrunhava de dor. Dividido entre esses dois sentimentos, toma o seu ouro e os seus diamantes e faz-se conduzir com Martinho ao hotel onde se achava a senhorita Cunegundes. Entra, trêmulo de emoção, com o coração palpitante, a voz embargada; procura abrir as cortinas do leito, pede que tragam luzes.

– Cuidado – lhe diz a criada, – que a luz a mata. E fecha de súbito as cortinas.

– Como estás, minha querida Cunegundes? – diz Cândido a soluçar. – Se não me podes ver, ao menos fala comigo.

– Ela não pode falar – diz a criada. A dama estende então para fora do leito uma mãozinha rechonchuda que Cândido umedece longamente com as suas lágrimas, e que enche depois de diamantes, deixando ainda uma bolsa cheia de ouro sobre a cadeira.

Em meio desses transportes, chega um esbirro acompanhado do padre do Périgord e de uma escolta.

– Com que então são estes os dois estrangeiros suspeitos? – diz aquela autoridade. Imediatamente lhes dá ordem de prisão e manda a escolta conduzi-los.

– No Eldorado não se tratava assim aos viajantes – disse Cândido.

– Eu me sinto mais maniqueu do que nunca – tornou Martinho.

– Mas para onde nos leva, senhor? – perguntou Cândido ao esbirro.

– Para um calabouço – respondeu a autoridade.

Tendo recuperado o seu sangue frio, Martinho declarou que a dama que se dizia Cunegundes era uma tratante, que o senhor padre do Périgord era um tratante que abusara da inocência de Cândido, e o esbirro um outro tratante de que seria fácil desembaraçar-se.

Esclarecido pelo seu conselho, e pouco desejoso de se expor aos trâmites da justiça, e, por outro lado, sempre impaciente por encontrar a verdadeira Cunegundes, Cândido oferece ao esbirro três pequenos diamantes de cores de três mil pistolas cada um.

– Ah, meu senhor! – lhe diz o homem do bastão de marfim, – ainda que o senhor tenha cometido todos os crimes imagináveis, é o mais honrado homem do mundo. Três diamantes! Cada um de três mil pistolas! Eu me deixaria matar pelo senhor, em vez de o levar para um calabouço. Estão prendendo todos os estrangeiros, mas deixe a coisa comigo. Tenho um irmão em Dieppe, na Normandia; vou levá-lo até lá; e se tiver algum diamante para lhe dar, ele zelará pelo senhor como eu próprio.

– E por que prendem todos os estrangeiros? – perguntou Cândido. O padre do Périgord tomou então a palavra e disse:

– É porque um vagabundo de Atrebácia deu ouvido a tolices, o que bastou para levá-lo a um parricídio, não como o de maio de 1610, mas como o de dezembro de 1594, e como vários outros cometidos em outros anos e outros meses, por outros vagabundos que também ouviram tolices.

O beleguim explicou então do que se tratava.

– Que monstros! – exclamou Cândido. – Há então tais horrores entre um povo que dança e que canta?!

Não poderei sair o mais depressa possível deste país, onde os macacos provocam os tigres? Vi ursos no meu país; mas homens, só os vi no Eldorado. Em nome de Deus, senhor esbirro, leve-me a Veneza, onde devo esperar a senhorita Cunegundes.

– Só o posso levar à Baixa-Normandia – diz o beleguim. Em seguida manda retirar-lhe os ferros, diz que se enganara, despacha a escolta, e conduz Cândido e Martinho a Dieppe, onde os entrega ao irmão. Estava surto no porto um pequeno navio holandês. O normando que, por obra e graça de três outros diamantes, se tornara o mais serviçal dos homens, embarca a Cândido e seu pessoal no navio que ia zarpar para Portsmouth, na Inglaterra. Não era a rota de Veneza; mas Cândido julgava ter-se livrado do inferno, e contava partir para o seu verdadeiro destino na primeira ocasião que se apresentasse.

XXIII

Do que viram Cândido e Martinho na costa da Inglaterra

– Ai, Pangloss, Pangloss! Ai, Martinho, Martinho! Ai, minha querida Cunegundes! Que mundo é este? -exclamava Cândido a bordo do navio holandês.

– Alguma coisa de louco e abominável – retrucava Martinho.

– O senhor que conhece a Inglaterra, será que por lá se é tão louco como na França?

– É outra espécie de loucura – asseverou Martinho. – Bem sabe que essas duas nações estão em guerra por algumas braças de neve no Canadá, e que despendem nessa linda guerra muito mais do que vale todo o Canadá. Quanto a dizer precisamente se há mais loucos varridos em um país do que no outro, é coisa que as minhas fracas luzes não me permitem. Sei apenas que as pessoas a quem vamos ver são em geral muito atrabiliárias.

Assim conversando, chegaram a Portsmouth; grande multidão cobria a margem, olhando atentamente para um homem corpulento, que se achava de joelhos, com os olhos vendados, no convés de um dos navios da frota; quatro soldados, alinhados à sua frente, meteram-lhe cada um três balas no crânio, com o ar mais tranquilo deste mundo; feito o que, todos se retiraram muito satisfeitos.

– Que significa tudo isso? – disse Cândido. – E que demônio exerce por toda parte o seu império?

Perguntou então quem era aquele homem que acabavam de matar com toda a cerimônia.

– É um almirante – responderam-lhe.

– E por que matar esse almirante?

– É – disseram-lhe – porque não matou bastante gente; travou combate com um almirante francês, e acharam que não se mantivera suficientemente perto deste último.

– Mas – objetou Cândido – o almirante francês estava tão longe do almirante inglês como este daquele.

– Isso é incontestável – replicaram, – mas neste país é bom matar de vez em quando um almirante para estimular os outros.

Cândido ficou tão atordoado e chocado com o que via e ouvia, que nem ao menos quis desembarcar, e fechou contrato com o capitão holandês (ainda que este devesse roubá-lo como o de Surinam para que o conduzisse sem demora a Veneza).

O patrão fez os preparativos em dois dias. Costearam a França; passaram à vista de Lisboa, e Cândido estremeceu. Entraram no estreito e no Mediterrâneo.

– Louvado seja Deus! – disse Cândido, abraçando Martinho; é aqui que tornarei a ver a bela Cunegundes. Tenho tanta confiança em Cacambo como em mim mesmo. Tudo está bem, tudo vai bem, tudo está o melhor possível.

XXIV

De Paquette e do Irmão Giroflée

Logo que chegou a Veneza, mandou procurar Cacambo em todas as tavernas, em todos os cafés, em todas as casas de mulheres alegres, e não o encontrou. Diariamente mandava gente sua ao encontro de todos os barcos e de todos os navios que chegavam: nem sinal de Cacambo.

– Como! – dizia ele a Martinho, – tive tempo de ir de Surinam a Bordéus, de Bordéus a Paris, de Paris a Dieppe, de Dieppe a Portsmouth, de costear Portugal e Espanha, de atravessar todo o Mediterrâneo, de passar alguns meses em Veneza, e a bela Cunegundes ainda não chegou! Só encontrei, em vez dela, uma aventureira e um padre do Perigord! Decerto Cunegundes morreu, e agora só me resta morrer também. Ah! por que não fiquei no Paraíso do Eldorado, em vez de voltar para esta maldita Europa? Tens razão, meu caro Martinho: tudo, neste mundo, nada mais é que ilusão e calamidade!

Caiu numa negra melancolia, e não tomou parte na ópera alla moda nem nos outros divertimentos do carnaval; nenhuma dama lhe causou a mínima tentação.

– É muita ingenuidade da sua parte – lhe disse Martinho – imaginar que um criado mestiço, com cinco ou seis milhões no bolso, lhe vá procurar a sua amante no fim do mundo para lha entregar em Veneza. Qual nada! Ficará com ela, se a encontrar. Se não a encontrar, arranjará outra; aconselho-o que esqueça o seu criado Cacambo e a sua amante Cunegundes.

Martinho não era nada consolador. A melancolia de Cândido aumentou, e Martinho não cessava de lhe provar que havia pouca virtude e pouca felicidade na face da terra, exceto talvez no Eldorado, onde ninguém podia ir.

Enquanto discutia essa importante matéria e esperava Cunegundes, Cândido avistou um jovem teatino na praça de S. Marco, de braço dado com uma rapariga. O teatino era cheio de viço, rechonchudo e vigoroso; tinha os olhos brilhantes, o ar seguro, o porte altivo. A rapariga era bastante linda e cantava; olhava amorosamente para o seu teatino e de vez em quando lhe beliscava as polpudas bochechas.

– Ao menos me há de confessar – disse Cândido a Martinho – que esses dois são felizes. Até agora, em toda a terra habitável, só encontrei infelizes, exceto no Eldorado; mas, quanto a essa rapariga e a esse teatino, aposto que são criaturas venturosas.

– Aposto que não – disse Martinho.

– É só convidá-los para cear – respondeu Cândido – e verá se não tenho razão.

Em seguida os aborda, cumprimenta-os e convida-os para irem a seu hotel comer talharim, perdizes da Lombardia, ovas de esturjão e beber vinho de Montepulciano, Lacryma-christi, Chipre e Samos. A rapariga enrubesceu, o teatino aceitou o convite, e ela acompanhou, fitando Cândido com um olhar de surpresa e confusão, empanado de algumas lágrimas. Mal entrou no quarto de Cândido, lhe disse:

– Como! Então o senhor Cândido não conhece mais a Paquette?!

A estas palavras, Cândido, que até aquele momento não lhe dera atenção, pois só pensava em Cunegundes, exclamou:

– Ai, minha pobre menina, foi então você quem deixou o doutor Pangloss no belo estado em que o encontrei?

– Ai de mim, fui eu mesma, e vejo que o senhor está a par de tudo. Soube das terríveis desgraças acontecidas a toda a casa da senhora baronesa e à bela Cunegundes. Juro-lhe que o meu destino não foi menos triste. Eu era muito inocente quando o senhor me conheceu. Um franciscano meu confessor seduziu-me facilmente. As consequências foram terríveis; fui obrigada a sair do castelo algum tempo depois que o senhor barão o expulsou a pontapés no traseiro. Se um famoso médico não se tivesse apiedado de mim, estava morta. Por gratidão, fui algum tempo sua amante. Sua mulher, que era muito ciumenta, batia-me impiedosamente todos os dias; era uma verdadeira fúria. Esse médico era o homem mais frio do mundo, e eu a mais infeliz de todas as criaturas, por ser batida a toda hora por causa de um homem a quem não amava. Bem sabe o senhor como é perigoso para uma mulher rabugenta ser esposa de um médico. Este; farto das cenas da mulher, deu-lhe um dia, para curá-la de um resfriado, um remédio tão eficaz que ela morreu dali a duas horas em convulsões terríveis. Os parentes da falecida processaram o viúvo; este fugiu e eu fui para a cadeia. Minha inocência de nada me teria servido se eu não fosse um pouco bonita, o juiz absolveu-me sob a condição de que sucederia ao médico. Fui logo suplantada por uma rival, escorraçada sem recompensa, e obrigada a continuar nesse ofício abominável que parece tão divertido aos homens e que para nós não passa de um abismo de misérias. Vim exercer a profissão em Veneza. Ah! se o senhor pudesse imaginar o que é ser obrigada a acariciar indiferentemente um velho negociante, um advogado, um monge, um gondoleiro, um frade; ser exposta a todos os insultos, a todas as afrontas públicas; ser muitas vezes obrigada a pedir de empréstimo uma saia para que venha levantá-la um homem asqueroso; ver-se roubada por um do que se ganhou com outro; ser extorquida por oficiais de justiça, e não ter em perspectiva mais que uma velhice horrível, um hospital e um monturo, – logo haveria de concluir que eu sou uma das criaturas mais infelizes do mundo.

Paquette abria assim o seu coração ao bom Cândido, em um gabinete reservado, na presença de Martinho, que dizia ao primeiro:

– Bem vê que já ganhei metade da aposta.

O irmão Giroflée ficara no refeitório e bebia um gole enquanto esperava a ceia.

– Mas – disse Cândido a Paquette – estavas com um ar tão alegre, tão contente, quando te encontrei, cantavas e acariciavas o teatino com um ar tão natural, que na verdade me parecias tão feliz quanto te julgas desgraçada.

– Ah! senhor! – retrucou Paquette. – Esta é mais uma das misérias do ofício. Fui ontem roubada e batida por um oficial e devo hoje aparentar bom humor para agradar a um monge.

Cândido não quis ouvir mais nada; confessou que Martinho estava com a razão. Sentaram-se à mesa com Paquette e o teatino, a ceia foi bastante divertida, e afinal a conversa se tornou íntima.

– Meu padre – disse Cândido, – o senhor me parece gozar de um destino que deve causar inveja a todos; as rosas da saúde brilham em suas faces, o seu ar anuncia felicidade; tem uma linda rapariga para divertir-se, e parece muito satisfeito com a sua condição de teatino.

– Palavra, senhor – disse o Irmão Giroflée, – eu desejaria que todos os teatinos estivessem no fundo do mar. Cem vezes fui tentado a atear fogo ao convento, e fazer-me turco. Meus pais me obrigaram, na idade de quinze anos, a tomar este detestado hábito, para deixar maior fortuna a um maldito primogênito que Deus confunda! A inveja, a discórdia, o rancor, habitam no convento. E verdade que preguei alguns maus sermões que me valeram algum dinheiro, de que o prior me rouba metade: o resto me serve para sustentar raparigas. Mas, quando entro à noite no mosteiro, tenho vontade de quebrar a cabeça contra as paredes do dormitório; e todos meus confrades estão no mesmo caso.

E Martinho, voltando-se para Cândido, com o seu sangue frio ordinário:

– E então, não ganhei a aposta inteira?

Cândido deu duas mil piastras a Paquette e mil piastras ao Irmão Giroflée.

– Garanto-lhe – disse ele a Martinho – que com isto serão felizes.

– Duvido muito – retrucou Martinho. – Com essas piastras, talvez consiga torná-los ainda mais infelizes.

– Será o que puder ser – disse Cândido. – Mas uma coisa me consola: vejo que muitas vezes a gente encontra pessoas que supunha perdidas para sempre. Tendo encontrado o meu carneiro vermelho e Paquette, é bem possível que encontre também Cunegundes.

– Desejo – disse Martinho – que um dia ela o faça feliz; mas duvido muito.

– Como o senhor é duro – queixou-se Cândido.

– É que eu tenho vivido – retrucou Martinho.

– Mas olhe esses gondoleiros – tornou Cândido. – Não vivem continuamente a cantar?

– É que não os vê no seu lar, com suas mulheres e seus pirralhos – disse Martinho. – O doge tem seus cuidados, os gondoleiros têm os seus. Verdade é que, no total, a sorte de um gondoleiro é preferível à de um doge; mas julgo tão medíocre a diferença, que não vale a pena ser examinada.

– Fala-se – disse Cândido – no senador Pococurante, que mora nesse belo palácio junto ao Brenta e que recebe muito bem os estrangeiros. Dizem que é um homem que nunca teve contrariedades.

– Desejaria ver um espécime tão raro – disse Martinho.

Cândido em seguida mandou pedir permissão ao senhor Pococurante, para ir visitá-lo no dia seguinte.

XXV

Da visita que fizeram ao senhor Pococurante, nobre veneziano

Cândido e Martinho chegaram de gôndola ao palácio do nobre Pococurante. Os jardins eram bem desenhados, e ornado, de belas estátuas de mármore; o palácio de bela arquitetura. O dono da casa, homem dos seus sessenta anos, muito rico, recebeu polidamente os dois curiosos, mas com pouca solicitude, o que desconcertou a Cândido e não desagradou a Martinho. Duas lindas criadinhas, muito asseadas, serviram chocolate bem espumado. Cândido não pode deixar de lhes louvar a beleza e amabilidade.

– São excelentes criaturas – disse o senador Pococurante. – Levo-as às vezes para o meu leito, pois já estou farto das damas da cidade, das suas mesquinhezas, do seu orgulho, das suas tolices, e dos sonetos que é preciso fazer ou encomendar para elas. Mas, afinal de contas, essas duas raparigas começam a aborrecer-me.

Quando passeava por uma comprida galeria, após o almoço, Cândido ficou extasiado com a beleza dos quadros. Perguntou de que mestre eram os dois primeiros.

– São de Rafael – disse o senador. – Comprei-os bastante caro, há alguns anos, por pura vaidade. Dizem que é o que existe de mais belo na Itália, mas absolutamente não me agradam: a cor é muito escura; as figuras são pouco cheias e não têm o suficiente realce; os panejamentos não se parecem em nada com um tecido. Numa palavra, por mais que digam, não vejo nisso uma verdadeira imitação da natureza. Só gostarei de um quadro quando me parecer estar vendo a própria natureza: e dessa espécie, não os há. Possuo muitos quadros; mas não olho para nenhum.

Pococurante, enquanto não chegava a hora do jantar, encomendou um concerto. Cândido achou a música deliciosa.

– Esse barulho – disse Pococurante – pode divertir durante uma meia hora; mas, se dura mais tempo, fatiga a todo o mundo, embora ninguém se atreva a confessá-lo. A música moderna não é mais do que a arte de executar coisas difíceis, e o que não passa de difícil acaba não agradando. Preferiria a ópera, se não tivessem encontrado o segredo de fazer dela um monstro que me revolta. Veja-as quem quiser, essas péssimas tragédias em música, onde as cenas só são conduzidas para impingir, muito fora de propósito, duas ou três árias ridículas que põem em evidência a garganta de uma atriz; delicie-se quem quiser, ou quem puder, ao ver um castrado cantarolar o papel de César ou de Catão ou pavonear-se desajeitadamente no palco; quanto a mim, faz muito que renunciei a essas pequices, que constituem hoje a glória da Itália, e que os soberanos pagam tão caro.

Cândido discutiu um pouco, mas com discrição. Martinho mostrou-se inteiramente de acordo com o senador.

Sentaram-se à mesa e, após um excelente jantar, foram para a biblioteca. Cândido, ao ver um Homero magnificamente encadernado, elogiou o ilustríssimo quanto ao seu bom gosto.

– Eis – disse ele – um livro que fazia as delícias do grande Pangloss, o maior filósofo da Alemanha.

– Pois não faz as minhas – disse friamente Pococurante. – Fizeram-me acreditar outrora que eu sentia prazer em lê-lo; mas essa repetição contínua de combates que todos se assemelham, esses deuses que agem sempre para nada fazer de decisivo, essa Helena que é o motivo da guerra e que mal entra na peça; essa Troia que cercam e não tomam, tudo isso me causava um mortal aborrecimento. Perguntei a eruditos se eles se aborreciam tanto quanto eu nessa leitura. Os que eram sinceros confessaram-me que o livro lhes tombava das mãos, mas que sempre era preciso tê-lo na biblioteca, como um monumento da Antiguidade, e como essas moedas enferrujadas que não podem circular.

– Vossa Excelência pensa o mesmo de Virgílio? – perguntou Cândido.

– Convenho que o segundo, o quarto e o sexto livro da sua Eneida são excelentes; mas quanto ao seu pio Enéias, e o forte Cloanto, e o amigo Achates, e o pequeno Ascânio, e o imbecil rei Latinus, e a burguesa Amata, e a insípida Lavínia, não creio que haja nada de mais frio e desagradável Prefiro o Tasso e as histórias para dormir em pé, de Ariosto.

– É-me permitido perguntar-lhe, Senhor, se não sente um grande prazer em ler Horácio?

Tem ele máximas de que um homem discreto pode tirar proveito e que, estando condensadas em versos enérgicos, se gravam mais facilmente na memória. Mas pouco se me dá da sua viagem a Brindes, e da sua descrição de um mau jantar, e da discussão de carregadores entre um tal Pupilus, cujas palavras, diz ele, eram cheias de pus, e outro cujas palavras eram vinagre. Foi com repugnância que li seus grosseiros versos contra velhas e feiticeiras; e não sei que mérito possa haver em dizer a seu amigo Mecenas que, se for posto por este no rol dos poetas líricos, tocará os astros com a sua fronte sublime. Os tolos admiram tudo em um autor estimado. Leio apenas para mim; só gosto do que está na minha medida.

Cândido, que fora educado de modo a nada julgar por conta própria, estava muito admirado do que ouvia; e Martinho achava muito razoável o ponto de vista de Pococurante.

– Oh! eis aqui um Cícero – disse Cândido. – Quanto a esse grande homem, penso que Vossa Excelência jamais se cansa de o ler.

– Nunca o leio – respondeu o veneziano. – Que me importa que ele haja pleiteado a favor de Rabirio ou de Cluêncio? Bastam-me os processos que tenho de julgar. Dar-me-ia melhor com as suas obras filosóficas; mas, quando vi que Cícero duvidava de tudo, cheguei à conclusão de que sabia tanto quanto ele, e que não tinha necessidade de ninguém para ser ignorante.

– Ah! – exclamou Martinho. – Eis aqui oitenta volumes dos anais de uma academia de ciências; deve haver nisso tudo alguma coisa de bom.

– Haveria – disse Pococurante – se um só dos autores dessa moxinifada tivesse inventado ao menos a arte de fabricar alfinetes; mas em todos esses volumes não há mais que inócuos sistemas e nenhuma coisa útil.

– Quantas peças de teatro vejo aqui! – disse Cândido, – em italiano, em espanhol, em francês!

– São três mil ao todo – disse o senador, – mas não há três dúzias que prestem. Quanto a essas coletâneas de sermões, que não valem em conjunto uma página de Sêneca, e todos esses grossos volumes de teologia, bem compreende o senhor que não os abro nunca, nem eu nem ninguém.

Martinho divisou prateleiras cheias de livros ingleses.

– Creio – disse ele. – que um republicano deve comprazer-se na leitura dessas obras escritas com tanta liberdade.

– Sim – respondeu Pococurante, – é belo escrever-se o que se pensa; é o privilégio do homem. Por toda a nossa Itália, só se escreve o que não se pensa; aqueles que habitam a pátria dos Césares e dos Antoninos não buscam ter uma ideia sem a permissão de um jacobino. Muito me alegraria com a liberdade que inspira os gênios ingleses se a paixão e o espírito faccioso não corrompessem tudo o que tem de estimável essa preciosa liberdade.

Cândido, descobrindo um Milton, perguntou-lhe se não considerava esse autor como um grande homem.

– Quem? – explodiu Pococurante. – Esse bárbaro que faz um longo comentário do primeiro capítulo do Gênesis em dez livros de versos duros? Esse grosseiro imitador dos gregos, que desfigura a Criação, e que, enquanto Moisés representa o Ser Eterno criando o mundo com o verbo, faz com que o Messias retire um grande compasso de um armário do céu, para traçar a sua obra? Eu, estimar aquele que estragou o inferno e o diabo do Tasso; que disfarça Lúcifer ora de sapo, ora de pigmeu; que o faz repetir cem vezes as mesmas tiradas; que o faz discutir teologia; que, imitando seriamente a invenção cômica das armas de fogo em Ariosto, obriga os diabos a disparar canhões pelo céu?! Nem eu, nem ninguém na Itália, jamais pôde apreciar essas tristes extravagâncias. O casamento do pecado e da morte, e as cobras que o pecado deita à luz, fazem vomitar qualquer homem que tenha o gosto um pouco delicado, e a sua longa descrição de um hospital só é boa para coveiros. Esse poema obscuro, extravagante e enfadonho, foi desprezado ao aparecer; eu o trato agora como foi tratado na sua pátria pelos contemporâneos. De resto, digo o que penso; e pouco me importa se os outros pensam ou não como eu.

Cândido sentia-se aflito com tais palavras; respeitava Homero, gostava um pouco de Milton.

– Ai! – dizia ele em voz baixa a Martinho, – tenho muito medo de que esse homem dedique um soberano desprezo aos nossos poetas alemães.

– Não haveria grande mal nisso – retrucou Martinho.

– Oh, que homem superior! – continuava Cândido a murmurar. – Que gênio esse Pococurante! Não lhe agrada coisa alguma.

Depois de terem assim passado em revista todos os livros, desceram para o jardim. Cândido louvou-lhe todas as belezas.

Nunca vi nada de tão mau gosto – disse o proprietário – É uma bagatela; mas já amanhã vou mandar construir outro de um traçado mais nobre.

Depois que os dois curiosos se despediram de Sua Excelência, disse Cândido a Martinho:

– Não pode negar que é esse o mais feliz dos homens, pois está acima de tudo o que possui.

– Mas não vê o senhor que ele está é enfarado de tudo o que possui? Disse Platão, há muito, que os melhores estômagos não são aqueles que repelem todos os alimentos.

– Não há então prazer em tudo criticar – disse Cândido, em sentir defeitos onde os outros julgam ver belezas?

– Há, pois, prazer em não sentir prazer? – tornou Martinho.

– Bem, quer então dizer que, feliz, só eu mesmo, quando encontrar a senhorita Cunegundes!

– Sempre é bom esperar – disse Martinho.

Entrementes, passavam-se os dias e semanas; Cacambo não voltava, e tão abismado se achava Cândido nos seus pesares, que nem mesmo notou que Paquette e o Irmão Giroflée não tinham vindo ao menos agradecer-lhe.

XXVI

De uma ceia que Cândido e Martinho fizeram com seis estrangeiros, quem eram estes

Uma noite em que Cândido, em companhia de Martinho, ia sentar-se à mesa com os estrangeiros que paravam na mesma hospedaria, aborda-o pelas costas um homem de rosto bronzeado que, tomando-o pelo braço, lhe diz: "Apronte-se para partir conosco, sem falta." Cândido se volta e dá de rosto com Cacambo. Só a vista de Cunegundes lhe poderia causar maior espanto e alegria. Abraça o seu caro amigo.

– E Cunegundes está aqui, não é? Leva-me a sua presença, para que eu morra de alegria com ela.

– Cunegundes não está aqui; está em Constantinopla.

– Meus Deus! Em Constantinopla?! Mesmo que esteja: na China, corramos, sem demora!

– Partiremos depois da ceia – tornou Cacambo. – Não lhe posso dizer mais nada; sou escravo, o meu senhor me espera; tenho de ir servi-lo à mesa; não diga nada, coma e apronte-se.

Cândido, dividido entre a alegria e a dor, encantado de rever seu fiel agente, atônito de o ver escravo, cheio da preocupação de encontrar a sua amada, com o coração palpitante, o espirito agitado, sentou-se à mesa com Martinho que considerava de sangue frio todas aquelas aventuras, e com seis estrangeiros que tinham vindo passar o carnaval em Veneza. Cacambo, que servia bebida a um desses estrangeiros, achegou-se ao ouvido de seu amo, ao fim da ceia, e disse-lhe:

– Sire, Vossa Majestade pode partir quando quiser, o navio está pronto.

Dito isto, retirou-se. Os convivas, atônitos, se entreolharam em silêncio, quando outro criado. aproximando-se de seu amo, lhe diz:

– Sire, a liteira de Vossa Majestade o espera em Pádua, e o barco está pronto.

O amo fez um gesto, e o criado partiu. Todos os convivas se entreolharam de novo, e a surpresa comum redobrou. Um terceiro criado, aproximando-se também de um terceiro viajante, disse-lhe:

– Sire, Vossa Majestade não pode demorar-se mais aqui: vou preparar tudo. – E retirou-se.

Cândido e Martinho não duvidaram mais de que se tratava de uma mascarada do carnaval. Um quarto criado disse ao quarto amo:

– Vossa Majestade poderá partir quando quiser. – E retirou-se como os outros. O quinto criado disse o mesmo ao quinto amo. Mas o sexto falou diferentemente ao sexto estrangeiro, que se achava ao lado de Cândido; disse-lhe:

– Sire, não querem conceder mais crédito a Vossa Majestade, nem a mim tampouco. Estamos em perigo de ser presos esta noite, Vossa Majestade e eu. Adeus, vou tratar dos meus assuntos.

Tendo desaparecido todos os criados, os seis forasteiros, Cândido e Martinho permaneceram em profundo silêncio, até que afinal Cândido o rompeu:

– Que singular brincadeira, meus senhores! Com que então são todos reis aqui? Quanto a mim, confesso que nem eu nem Martinho o somos.

O amo de Cacambo tomou então a palavra e disse gravemente em italiano:

Não estou brincando, chamo-me Achmet III. Fui sultão durante vários anos; destronei meu irmão; meu sobrinho me destronou; cortaram a cabeça a meus vizires; termino os meus dias no velho serralho; meu sobrinho, o sultão Mahmoud.

– Me permite viajar algumas vezes, por motivos de saúde, e eu vim passar o carnaval em Veneza.

Falou depois um jovem que estava ao lado de Achmet:

– Chamo-me Ivan; fui imperador de todas as Rússias; destronaram-me ainda no berço; meu pai e minha mãe foram presos e eu criei-me numa prisão; tenho às vezes permissão de viajar, acompanhado de meus guardas, e vim passar o carnaval em Veneza.

Disse o terceiro:

– Sou Carlos Eduardo, rei da Inglaterra; meu pai cedeu-me seus direitos ao reino; lutei para sustentá-los; arrancaram o coração a oitocentos de meus partidários, com o qual lhes bateram as faces. Fui aprisionado; vou a Roma fazer uma visita ao rei meu pai, destronado como eu e meu avô, e vim passar o carnaval em Veneza.

O quarto tomou então a palavra e disse:

– Sou rei da Polônia; a sorte da guerra privou-me de meus Estados hereditários; meu pai sofreu os mesmos reveses; resigno-me à Providência, como o sultão Achmet, o imperador Ivan e o rei Carlos Eduardo, a quem Deus conceda longa vida, e vim passar o carnaval em Veneza.

Falou então o quinto:

– Também sou rei da Polônia. Por duas vezes perdi meu reino, mas a Providência deu-me outro Estado, onde fiz mais benefícios do que todos os reis dos sármatas, reunidos, jamais o puderam fazer às margens do Vistula. Resigno-me também à Providência, e vim passar o carnaval em Veneza.

Faltava falar o sexto soberano:

– Não sou tão grande monarca como Vossas Majestades – disse ele. – Mas afinal fui rei como qualquer outro. Sou Teodoro; elegeram-me rei da Córsega; chamaram-me de Vossa Majestade e agora apenas me chamam de Senhor. Mandei cunhar moedas, e não possuo uma única; tive dois secretários de Estado, e tenho apenas um criado; já me vi sobre um trono, e estive preso muito tempo em Londres, sobre umas palhas. Receio muito ser tratado do mesmo modo aqui, embora tenha vindo, como Vossas Majestades, passar o carnaval em Veneza.

Os cinco outros reis ouviram tais palavras cheios de nobre compaixão. Cada um deles deu vinte sequins ao rei Teodoro, para comprar vestuários e camisas. Cândido presenteou-o com um diamante de dois mil sequins. "Quem será esse simples particular – diziam os cinco reis – que pode dar (e dá) cem vezes mais que cada um de nós?"

No instante em que se levantavam da mesa, chegaram à mesma hospedaria quatro altezas sereníssimas que também haviam perdido seus Estados pela sorte das armas e que vinham passar o resto do carnaval em Veneza. Mas Cândido não deu a mínima atenção aos recém-chegados. Só se preocupava em ir ter com a sua querida Cunegundes em Constantinopla.

XXVII

Da viagem de Cândido a Constantinopla

O fiel Cacambo já conseguira, com o capitão turco que deveria levar o sultão Achmet a Constantinopla, que recebesse a bordo Cândido e Martinho. Ambos se dirigiram para o navio, depois de se haverem prosternado perante Sua Miserável Alteza. Cândido, em caminho, dizia ao companheiro:

– Vimos, pois, seis reis destronados, e com eles jantamos, e dentre esses, ainda houve um a quem dei esmola. Talvez haja muitos outros príncipes mais desgraçados. Quanto a mim, só perdi cem carneiros, e vou para os braços de Cunegundes. Mais uma vez Pangloss teve razão, meu caro Martinho: tudo está bem.

– Assim o desejo – disse Martinho.

– Mas – tornou Cândido, – em todo caso foi uma aventura muito pouco verossímil a que nos aconteceu. Jamais se ouviu contar que seis reis destronados jantassem juntos numa estalagem.

– Isso não é mais extraordinário – respondeu Martinho – que a maior parte das nossas aventuras. E, quanto à honra que tivemos de jantar com eles, é isso uma bagatela que não merece a nossa atenção.

Mal se viu a bordo, Cândido saltou ao pescoço de seu antigo criado e amigo Cacambo:

– E então? Que faz Cunegundes? Continua um prodígio de beleza? Ainda me ama? Como está ela? Não lhe compraste um palácio em Constantinopla?

– Cunegundes, meu caro patrão, é quem lava a louça, na Propôntida, em casa de um príncipe que tem muito pouca louça; é escrava da casa de um antigo soberano chamado Ragotski, a quem o Grão Turco dá três escudos por dia para o sustentar no exílio, mas o mais triste é que ela perdeu a beleza e se tornou horrivelmente feia.

– Ah! bela ou feia – disse Cândido, eu sou um homem honrado, e meu dever é amá-la toda a vida. Mas como pode estar ela reduzida a tão miserável estado, com os cinco ou seis milhões que levava?

– Pois não tive de dar dois milhões ao senhor Dom Fernando de Ibarra y Figueroa y Mascareñas y Lampurdos y Sousa, governador de Buenos Aires, para que me fosse permitido levar comigo a senhorita Cunegundes? E depois – continuou Cacambo – um pirata não nos despojou de todo o resto? E esse pirata não nos levou ao cabo de Matapan, a Milo, a Nicária, a Samos, a Petra, aos Dardanelos, a Mármora, a Sentari? Cunegundes e a velha servem na casa do príncipe de que lhe falei, e eu sou escravo do sultão destronado.

– Que espantosas calamidades encadeadas umas às outras! – exclamou Cândido. – Mas afinal ainda tenho alguns diamantes; libertarei facilmente a senhorita Cunegundes. É pena que ela se haja tornado tão feia. Depois, voltando-se para Martinho:

– A quem acha mais digno de lástima – perguntou-lhe, – o sultão Achmet, o imperador Ivan, o rei Carlos Eduardo, ou a mim?

– Não sei – disse Martinho, – era preciso que eu conhecesse o íntimo de cada um.

– Ah! se aqui estivesse, Pangloss o saberia dizer.

– Não sei com que balança – disse Martinho – poderia o seu Pangloss pesar os infortúnios dos homens e avaliar os seus sofrimentos. Só o que eu presumo é que deve haver milhões de homens no mundo cem vezes mais dignos de lástima que o rei Carlos Eduardo, o imperador Ivan e o sultão Achmet.

– Pode ser – disse Cândido.

Dentro em poucos dias se achavam no canal do Mar Negro. A primeira coisa que fez Cândido foi resgatar Cacambo bastante caro e, sem perda de tempo, meteu-se numa galera, com os companheiros, para ir à Propôntida procurar Cunegundes, por mais feia que pudesse estar.

Havia nas galés dois forçados que remavam muito mal e a quem o patrão levantino aplicava de vez em quando alguns golpes de nervo de boi sobre as espáduas nuas. Cândido, por um natural sentimento, olhou-os mais atentamente do que aos outros, e aproximou-se deles com piedade. Alguns traços de suas fisionomias desfiguradas pareceram-lhe apresentar um quê de semelhança com Pangloss e com aquele infeliz jesuíta, o barão, irmão da senhorita Cunegundes. Essa ideia o encheu de comoção e tristeza. Considerou-os mais atentamente.

– Na verdade – disse ele a Cacambo, – se eu não tivesse visto enforcar mestre Pangloss e se não me houvesse acontecido a infelicidade de matar o barão, julgaria que são eles que estão remando nesta galera.

Ao nome do barão e de Pangloss, os dois forçados soltaram um grito, estacaram e deixaram cair os remos. O levantino acorreu, e redobraram os golpes de nervo de boi.

Basta! basta! – exclamou Cândido. – Eu lhe darei todo o dinheiro que quiser.

– Como! É Cândido! – bradava um dos forçados.

– É Cândido! – bradava o outro.

– Estarei sonhando? Estarei acordado? Estou mesmo nesta galera? – indagava Cândido. – É este o senhor barão que eu matei? É este Mestre Pangloss que eu vi enforcar?

– Somos nós mesmos, somos nós mesmos – respondiam eles.

– Como! É esse o grande filósofo? – dizia Martinho.

– Escute, senhor patrão levantino – disse Cândido, – quanto quer pelo resgate do senhor de Thunder-ten-tronckh, um dos primeiros barões do Império, e do senhor Pangloss, o mais profundo metafísico da Alemanha?

– Já que esses dois cães de forçados cristãos – respondeu o levantino – são barões e metafísicos, o que é sem dúvida uma grande dignidade na sua terra, tu, cão de cristão, me pagarás por eles cinquenta mil sequins.

– São seus. Leve-me como um relâmpago a Constantinopla, e será pago imediatamente. Não, não; leve-me à senhorita Cunegundes.

À primeira oferta de Cândido, já o levantino virara a proa para a cidade, e fazia remar mais depressa do que um pássaro fende os ares.

Cândido abraçou cem vezes o barão e Pangloss. Como foi que eu não te matei, meu caro barão? E tu, meu Pangloss, como é que estás vivo depois de ter sido enforcado? E por que estão os dois em galés na Turquia?

– É verdade que a minha querida irmã está nesse país? – indagava o barão.

– Sim – respondia Cacambo.

– Com que então torno a ver o meu querido Cândido! – exclamava Pangloss.

– Cândido lhes apresentava Martinho e Cacambo. Todos se abraçavam, todos falavam ao mesmo tempo.

A galera voava, estava já no porto. Mandaram chamar um judeu, a quem Cândido vendeu por cinquenta mil sequins um diamante do valor de cem mil, e que jurou por Abraão que não lhe poderia oferecer mais. Cândido pagou incontinenti o resgate do barão e de Pangloss. Este lançou-se aos pés de seu libertador e banhou-os de lágrimas; o barão agradeceu-lhe com um sinal de cabeça e prometeu devolver-lhe a quantia na primeira oportunidade.

– Mas será possível que minha irmã esteja na Turquia? – dizia ele.

– Nada mais possível – respondeu Cacambo, – pois lava pratos na cozinha de um príncipe da Transilvânia.

Mandaram em seguida chamar dois judeus; Cândido vendeu mais diamantes; e partiram todos em outra galera, para ir libertar Cunegundes.

XXVIII

Do que aconteceu a Cândido, a Cunegundes, a Pangloss, a Martinho etc.

Mais uma vez perdão, meu reverendo, por lhe haver atravessado o corpo com a espada – disse Cândido ao barão.

– Bem, não falemos mais nisso; confesso que fui um pouco exaltado. Já que pretendes saber por que acaso me viste nas galés, eu te direi que, depois de ter sido curado pelo irmão boticário do Colégio, fui atacado e feito prisioneiro por uma facção espanhola, e nessas condições cheguei em Buenos Aires quando minha irmã acabava de partir. Pedi que me enviassem a Roma, para junto do vigário geral. Fui nomeado esmoler em Constantinopla, adido ao senhor embaixador da França. Não fazia oito dias que assumira o meu cargo, quando numa tarde encontrei um jovem icoglã muito simpático. O calor estava terrível: o jovem quis banhar-se; aproveitei a ocasião para também tomar um banho. Não sabia que constituísse crime capital, para um cristão, ser encontrado nu com um jovem muçulmano. Um cadi mandou-me dar cem bastonadas na sola dos pés e condenou-me às galés perpétuas. Não creio que jamais se haja cometido tão horrível injustiça. Mas eu só desejaria saber por que é que minha irmã se acha na cozinha de um soberano da Transilvânia asilado na Turquia.

– Mas tu, meu caro Pangloss – perguntou Cândido, – como é possível que eu te torne a ver?

– É verdade – disse Pangloss – que me viste enforcar. Eu deveria ser queimado; mas deves lembrar-te que chovia a cântaros quando me iam assar: a tempestade era tão violenta que desesperaram de acender o fogo; fui enforcado porque não acharam melhor solução: Um cirurgião comprou meu corpo, levou-me para casa e dissecou-me. Fez-me primeiro uma incisão crucial, do umbigo à clavícula. Impossível ser tão mal enforcado como eu o fora. O carrasco da Santa Inquisição, que era subdiácono, sabia queimar a gente às mil maravilhas, mas não estava acostumado a enforcar: a corda, muito molhada, deslizou mal e enroscou-se; em suma, eu respirava ainda: a incisão crucial me fez lançar tamanho grito, que meu cirurgião tombou de costas, e, julgando que dissecava o diabo, fugiu morto de medo, rolando outra vez, escada abaixo. Ao ruído, acorreu a mulher do cirurgião; viu-me estendido na mesa com a minha incisão crucial; teve ainda mais medo que o marido, abalou a correr e caiu sobre ele. Depois que se refizeram um pouco, ouvi a cirurgiã dizer ao cirurgião:

– Também, que ideia essa tua de dissecar um herético? Não sabes que o diabo está sempre no corpo dessa gente? Vou já procurar um padre para exorcisá-lo.

Estremeci ao ouvir tal coisa, e reuni o pouco de forças que me restavam para gritar:

– Tenham piedade de mim!

Afinal o barbeiro português criou coragem; costurou minha pele; também a mulher cuidou de mim; fiquei bom ao cabo de quinze dias. O barbeiro conseguiu empregar-me como lacaio de um cavaleiro de Malta que ia a Veneza; mas, como o meu patrão não tinha com que me pagar, pus-me a serviço de um mercador veneziano e acompanhei-o até Constantinopla.

Deu-me um dia a fantasia de entrar numa mesquita. Só se encontrava ali um velho imame e uma jovem devota muito bonita que dizia as suas orações e estava com o colo inteiramente nu. Tinha ela entre os dois seios um belo ramalhete de tulipas, rosas, anêmonas, ranúnculos, jacintos e orelhas-de-urso; deixou cair o ramalhete; eu logo o apanhei, colocando-o no seu lugar com respeitosa solicitude. Levei tanto tempo para o arrumar bem direitinho, que o imame se encolerizou e, vendo que eu era cristão, gritou por socorro. Levaram-me ao cádi, que me mandou dar cem varadas nas plantas dos pés e condenou-me às galeras. Fui encadeado precisamente na mesma galera e no mesmo banco que o senhor barão. Havia, entre os condenados, quatro jovens de Marselha, cinco padres napolitanos e dois monges de Corfu, que nos disseram que tais aventuras aconteciam todos os dias. O senhor barão alegava que sofrera maior injustiça do que eu; da minha parte, achava eu que era muito mais permissível ajeitar umas flores no seio de uma mulher do que estar nu com um icoglã. Discutíamos sem cessar e recebíamos vinte golpes de nervo-de-boi por dia, quando o encadeamento dos sucessos deste universo te conduziu à nossa galera e fez com que nos resgatasses.

– Pois bem! meu caro Pangloss – disse Cândido, – enquanto eras enforcado, dissecado, espancado e remavas nas galeras, sempre achavas que tudo ia o melhor possível?

Mantenho a minha primitiva opinião – respondeu Pangloss, – pois afinal sou filósofo: não me convém desfazer-me, visto que Leibnitz não pode incorrer em erro, e a harmonia preestabelecida é a mais bela coisa do mundo, bem como o todo e a matéria sutil.

XXIX

De como Cândido encontrou Cunegundes e a velha

Enquanto Cândido, o barão, Pangloss, Martinho e Cacambo contavam as suas aventuras, filosofando sobre os acontecimentos contingentes ou não contingentes deste universo, e discutindo sobre os efeitos e as causas, o mal moral e o mal físico, a liberdade e a necessidade, e o consolo que se pode ter depois de haver remado numa galera turca, chegaram à costa da Propôntida. onde se achava a casa do príncipe da Transilvânia. O primeiro espetáculo que se apresentou a seus olhos, foi Cunegundes e a velha, a estender toalhas no coradouro.

O barão empalideceu. E o enamorado Cândido, ao ver a sua bela Cunegundes com a pele tisnada, os olhos empapuçados, os seios murchos, as faces enrugadas, os braços vermelhos e pelancudos, recuou três passos, horrorizado, mas em seguida avançou, por delicadeza. Ela abraçou Cândido e o irmão; abraçaram a velha; Cândido resgatou as duas.

Havia na vizinhança uma pequena granja; a velha propôs a Cândido que ali se acomodassem todos, enquanto esperavam melhor destino. Cunegundes não sabia que tinha ficado feia, pois ninguém lho dissera: lembrou a Cândido a sua promessa, com um ar tão positivo, que o bondoso Cândido não se atreveu a desenganá-la. Disse, pois, ao barão, que ia desposar a sua irmã.

– Jamais consentirei – disse o barão – tal baixeza da parte dela e tal insolência da tua parte; essa infâmia nunca me será exprobrada: os filhos de minha irmã não poderiam entrar nos cabidos da Alemanha. Não, a minha irmã só se casará com um barão do Império.

Cunegundes lançou-se-lhe aos pés e banhou-os de lágrimas; ele foi inflexível.

– Louco varrido – disse-lhe Cândido, – eu te salvei das galés, eu paguei o teu resgate, eu paguei o resgate da tua irmã; ela aqui lavava pratos, ela está feia, tenho a bondade de desposá-la, e tu ainda queres opor-te! Por minha vontade, eu te mataria de novo.

– Podes matar-me outra vez – disse o barão, – mas, enquanto eu for vivo, não desposarás minha irmã.

XXX

Conclusão

Cândido, no fundo do coração; não tinha o mínimo desejo de casar com Cunegundes. Mas a inaudita insolência do barão o decidiu a efetuar o casamento, e Cunegundes instava tão vivamente que ele não podia desdizer-se. Consultou Pangloss, Martinho e o fiel Cacambo. Pangloss apresentou um belo memorial em que provava que o barão não tinha o mínimo direito sobre a sua irmã, e que esta podia, segundo todas as leis do Império, desposar Cândido com a mão esquerda. Martinho propôs lançar o barão ao mar. Cacambo opinou que deveriam devolvê-lo ao capitão levantino e às galés, enquanto não o mandavam para Roma, ao vigário geral. A proposta foi considerada excelente; a velha aprovou-a; nada disseram à sua irmã; a coisa foi efetuada com algum dinheiro, e tiveram o prazer de enganar um jesuíta e punir o orgulho de um barão germânico.

Nada mais natural do que imaginar-se que, após tantos desastres, Cândido, casado com a sua amada, e na companhia do filósofo Pangloss, do filósofo Martinho, do prudente Cacambo e da velha, e ainda com os diamantes que trouxera da pátria dos antigos incas, levava agora a vida mais agradável deste mundo. Mas foi tão explorado pelos judeus, que afinal só lhe restou a pequena granja. A mulher, cada dia mais feia, ficara rabugenta e insuportável. A velha estava inválida e tornou-se ainda pior de gênio que Cunegundes. Cacambo, que trabalhava na horta e ia vender legumes em Constantinopla, andava exausto de trabalho e amaldiçoava o seu destino. Pangloss desesperava-se por não poder brilhar nalguma universidade da Alemanha. Quanto a Martinho, achava-se firmemente persuadido de que se está igualmente mal em toda parte, e encarava tudo com paciência. Cândido, Martinho e Pangloss discutiam às vezes metafísica e moral. Muitas vezes avistavam, pelas janelas da granja, barcos carregados de efêndis, de paxás, de cádis, a quem mandavam para o exílio em Lemmas, em Mitilene, em Erzerum. Viam chegar outros cádis, outros paxis, outros efêndis, que tomavam o lugar dos depostos e eram, por sua vez expulsos. Viam também cabeças muito bem empalhadas, para serem apresentadas ante a Sublime Porta. Tais espetáculos faziam redobrar as dissertações. E, quando não discutiam, tamanho era o aborrecimento, que a velha ousou dizer-lhes um dia:

– Desejaria saber qual é o pior: ser violada cem vezes por piratas negros, perder uma nádega, receber açoites dos búlgaros, ser batido e enforcado num auto de fé, ser dissecado, remar numa galera, experimentar enfim todas as misérias por que já passamos, ou ficar aqui sem fazer nada?

– Eis uma grande questão – disse Cândido.

Tais palavras provocaram novas discussões; e Martinho concluiu que o homem nascera ou para viver nas convulsões da inquietude ou na letargia do tédio. Cândido não concordava, mas também não afirmava coisa alguma. Pangloss confessava que sempre sofrera horrivelmente; mas, tendo uma vez afirmado que tudo ia às mil maravilhas, continuava a sustentá-lo, mas não o cria.

Uma última coisa veio firmar a Martinho nos seus detestáveis princípios, fazer com que Cândido hesitasse mais do que nunca, e embaraçar a Pangloss. É que viram chegar um dia à granja, e na mais extrema miséria, a nossa Paquette e o Irmão Giroflée. Tinham em três tempos devorado as suas três mil piastras; separaram-se, juntaram-se, brigaram, foram para a cadeia, fugiram, e afinal o Irmão Giroflée tinha virado turco. Paquette continuava, por toda. parte, a exercer o seu ofício, que não lhe rendia mais nada.

– Bem dizia eu – observou Martinho – que os presentes logo haviam de sumir-se e só os tornariam mais miseráveis. Quanto a Cândido e Cacambo, abarrotaram-se de milhões de piastras, e não são mais felizes do que o Irmão Glroflée e Paquette.

– Ai, minha pobre menina – dizia Pangloss a Paquette, – com que então o Destino te trouxe para junto de nós? E não sabes que me custaste a ponta do nariz, um olho e uma orelha? Como estás agora! E como é este mundo!

Essa nova aventura fê-los filosofar mais do que nunca. Havia na vizinhança um derviche muito famoso, que passava pelo maior filósofo da Turquia; foram consultá-lo; Pangloss tomou a palavra:

– Mestre, vimos pedir-lhe que nos esclareça por que foi criado um animal tão estranho como o homem.

– Em que te vens meter? – disse o derviche. – Acaso é isso da tua conta?

– Mas reverendo Mestre – aventurou Cândido, – é verdadeiramente terrível todo esse mal que há na terra.

– Que importa que haja mal ou bem? – tornou o derviche. – Quando

Sua Alteza envia um navio ao Egito, acaso se importa que os ratos de bordo se sintam bem ou não?

– Que fazer então? – perguntou Pangloss.

Calar-te – respondeu o derviche.

– Eu muito desejava – disse Pangloss – discutir um pouco com o reverendo Mestre acerca dos efeitos e das causas, do melhor dos mundos possíveis, da origem do mal, da natureza da alma e da harmonia preestabelecida.

O derviche, a estas palavras, bateu-lhe com a porta no nariz.

Durante essa conversação, espalhara-se a noticia de que acabavam de estrangular em Constantinopla dois vizires do banco e o mufti, e que haviam empalado vários de seus amigos. Essa catástrofe causava por toda parte enorme sensação durante algumas horas. Pangloss, Cândido e Martinho, de volta à granja, encontraram um bom velho que tomava a fresca à sua porta, debaixo de um laranjal. Pangloss, que era tão curioso como discutidor, perguntou-lhe como se chamava o mufti que acabavam de estrangular.

– Nada sei – respondeu o bom do velho, – eu nunca soube o nome de nenhum mufti nem de nenhum vizir ignoro absolutamente a aventura de que me falam; presumo que em geral aqueles que se metem nos negócios públicos acabam miseravelmente, e bem o merecem; mas nunca me informo do que se faz em Constantinopla; contento-me em mandar vender por lá os frutos que cultivo.

Dito isto, convidou os estrangeiros a entrar: seus dois filhos e suas duas filhas lhes ofereceram diversas espécies de refrescos que eles próprios fabricavam, kalmac temperado com casca de cidra, e laranjas, limas, abacaxis, pistaches e um bom moca não misturado com o mau café de Batávia e das ilhas. Após o que, as duas filhas daquele bom muçulmano perfumaram as barbas de Cândido, de Pangloss e de Martinho.

– O senhor com certeza possui uma vasta e magnífica terra... – disse Cândido ao turco.

– Tenho apenas vinte jeiras, que cultivo com os meus filhos; o trabalho afasta de nós três grandes males: o tédio, o vício e a necessidade.

De volta à sua granja, Cândido pôs-se a refletir profundamente sobre as palavras do turco. Disse a Pangloss e a Martinho:

– Esse bom velho me parece ter conseguido um estado bastante preferível ao dos seis monarcas com quem tivemos a honra de cear.

– As grandezas – disse Pangloss, são muito perigosas, conforme o testemunho de todos os filósofos: pois, afinal, Eglon, rei dos moabitas, foi assassinado por Aod; Absalão, suspenso pelos cabelos, foi varado com três dardos; o rei Nadab, filho de Jeroboão, foi morto por Baasa; o rei Ela, por Zambri; Ochosias, por Jeú; Atalia, por Joiada; os reis Joaquim, Jecofias, Sedécias foram escravizados. Bem sabem como morreram Creso, Astíages, Dario, Dionísio de Siracusa, Pirro, Perseu, Anibal, Jugurta, Ariovisto, César, Pompeu, Nero, Otão, Vitélio, Domiciano, Ricardo II da Inglaterra, Eduardo II, Henrique VI, Ricardo III, Maria Stuart, Carlos I, os três Henriques da França, o imperador Henrique IV. Bem sabem que...

– Também sei – disse Cândido – que é preciso cultivar nosso jardim.

– Tens razão – disse Pangloss, – pois quando o homem foi posto no jardim do Éden, ali foi posto *ut operaretur eum,* para que trabalhasse; o que prova que o homem não nasceu para o repouso.

– Trabalhemos sem filosofar – disse Martinho, – é a única maneira de tornar a vida suportável.

Todo o grupo se compenetrou desse louvável desígnio. A pequena propriedade rendeu bastante. Cunegundes estava, na verdade, muito feia, mas tornou-se uma excelente doceira. Paquette bordava. A velha costurava. Nem mesmo o Irmão Giroflée se furtou ao trabalho; revelou-se um bom marceneiro; e até se tornou honesto.

– Todos os acontecimentos – dizia às vezes Pangloss a Cândido – estão devidamente encadeados no melhor dos mundos possíveis; pois, afinal, se não tivesses sido expulso de um lindo castelo, a pontapés no traseiro, por amor da senhorita Cunegundes, se a Inquisição não te houvesse apanhado, se não tivesses percorrido a América a pé, se não tivesses mergulhado a espada no barão, se não tivesses perdido todos os teus carneiros da boa terra do Eldorado, não estarias aqui agora comendo doce de cidra e pistache.

– Tudo isso está muito bem dito – respondeu Cândido, – mas devemos cultivar nosso jardim.

my News explica!

Como ter dinheiro para a vida toda

Mara Luquet

70

MYNEWS EXPLICA COMO TER DINHEIRO PARA A VIDA TODA

AUTORA: Mara Luquet

DIRETOR DA ALMEDINA BRASIL: Rodrigo Mentz
EDITOR: Marco Pace
EDITOR DE DESENVOLVIMENTO: Rafael Lima
COORDENADORA DA COLEÇÃO MYNEWS EXPLICA: Mara Luquet
PRODUTORA EDITORIAL: Erika Alonso
ASSISTENTES EDITORIAIS: Letícia Gabriella Batista e Tacila Souza
ESTAGIÁRIA DE PRODUÇÃO: Natasha Oliveira
REVISÃO: Tereza Gouveia

DIAGRAMAÇÃO: Almedina
DESIGN DE CAPA: Roberta Bassanetto
IMAGEM DE CAPA: Julio Souza

ISBN: 9786554272087
Novembro, 2023

Dados Internacionais de Catalogação na Publicação (CIP)
(Câmara Brasileira do Livro, SP, Brasil)

Luquet, Mara
MyNews Explica! Como ter dinheiro para a vida toda
Mara Luquet. – São Paulo : Edições 70, 2023.

ISBN 978-65-5427-208-7

1. Dinheiro – Administração 2. Educação financeira
3. Finanças pessoais 4. Investimentos – Gestão
I. Título.

23-179066 CDD-332.678

Índices para catálogo sistemático:

1. Dinheiro : Administração : Economia 332.678

Eliane de Freitas Leite – Bibliotecária – CRB 8/8415

Este livro segue as regras do novo Acordo Ortográfico da Língua Portuguesa (1990).

EDITORA: Almedina Brasil
Rua José Maria Lisboa, 860, Conj. 131 e 132, Jardim Paulista | 01423-001 São Paulo | Brasil
www.almedina.com.br

Para o Newton,

companheiro e parceiro deste e de todos os livros. A pessoa com quem converso sobre previdência desde os nossos 20 e poucos anos. Certamente, com quem mais aprendo e a quem mais ensino sobre o tema. A minha gratidão, carinho e amor, que vão muito além da aposentadoria.

Sumário

Prefácio

É muito gratificante escrever o prefácio de um livro como este. Primeiro, pela admiração que tenho pela Mara Luquet e a trajetória profissional que ela construiu. Segundo, pela relevância do conteúdo que os leitores encontrarão nestas páginas.

Conheci Mara na década de 1990, quando ela trabalhava na saudosa *Gazeta Mercantil*, o mais importante jornal de economia e finanças do Brasil durante muitos anos. Eu havia saído do Unibanco e trabalhava no escritório da Schroders no Brasil. Não me lembro como ela me contactou, mas desde o início tivemos muita facilidade para trocar ideias. Depois, ela seguiu para o jornal *Valor Econômico*, onde era editora de investimentos e tinha uma coluna diária sobre o mercado de capitais. Na época, me lembro de ficar admirado com sua capacidade de encontrar assuntos para escrever diariamente, sempre com fluência, bom humor e qualidade técnica, sem nunca distorcer nossa opinião, nem se equivocar sobre o que discutíamos.

Foi essa capacidade em tratar assuntos complexos de modo objetiva e agradável, mas de maneira tecnicamente correta, que levou a Vivest, o fundo de pensão que tenho orgulho de presidir, a fazer uma parceria com o canal My News para a formatação do nosso programa de educação financeira – o que acreditamos que seja um pilar tão importante de conscientização, preparação para o futuro e promoção de bem-estar para as pessoas –, que precisa ser disseminado não apenas para nossos participantes, mas para um público que vai além dos limites da nossa organização. E é essa habilidade da Mara e do My News que poderiam nos ajudar nesse propósito.

A partir dessa parceria, durante o ano de 2023, Mara realizou dezenas de entrevistas com nosso corpo técnico, divulgadas no seu canal e nos nossos também, facilitando a compreensão dos assuntos ligados à economia, finanças e previdência – não só para nosso público, como para qualquer interessado que navegasse pela imensidão do mundo *on-line*. A habilidade de traduzir as recomendações para o público, garantindo leveza aos temas mais complexos, está alinhada ao modelo de comunicação que implementamos na Vivest, que preza pela clareza, simplicidade e transparência.

Tenho certeza de que *My News Explica Como ter dinheiro para a vida toda* será muito útil para o grande público, que nos últimos anos vem sendo inundado com informações e recomendações sobre finanças e investimentos, mas, em muitos casos, não tem conhecimentos básicos para diferenciar opiniões legítimas e informações consistentes da simples propaganda.

Num mundo que vem sofrendo transformações muito rápidas e que impactam a preparação do futuro de cada um de nós, o que inclui a previdência –, este livro traz um roteiro de preocupações e iniciativas que todos deveriam ter em relação ao planejamento da sua vida financeira, envolvendo desde as opções de investimento para formação de poupança, a escolha da forma de aposentadoria e até mesmo o plano de saúde. Aliás, este último, uma preocupação crescente da classe média, dado o forte crescimento da inflação médica e que deve ser assunto cada vez mais recorrente na imprensa dedicada à área financeira. Foi bem oportuna a inclusão do tema neste livro.

E para lidar com esse mundo em constante transformação, é cada vez mais necessário investir em educação financeira – matéria que deveria ser ministrada desde o Ensino Fundamental. Já há muito tempo não é possível contar com longevidade no emprego, aposentadoria pública que mantenha o padrão de vida ou aposentadoria complementar vitalícia com valor definido. São situações cada vez menos frequentes, caminhando para serem raras exceções. Daí, a grande importância de fazer um planejamento financeiro o mais cedo possível, manter a disciplina na sua execução e se manter informado, por meio de fontes confiáveis, para fazer as necessárias correções de rumo ao longo da vida.

Este livro será um bom guia para quem quiser seguir essa trilha. Quanto mais cedo melhor, mas antes tarde do que nunca.

Aproveite a leitura!

WALTER MENDES
Presidente da Vivest – www.vivest.com.br

Capítulo 1
Você tem medo do quê?

Todo dia ele faz tudo sempre igual. E lá se vão mais de 30 anos. Já poderia se aposentar se quisesse e começar, finalmente, a fazer o que gosta. Morar na Europa, viajar, escrever. Nas últimas duas décadas, aprendeu com a mulher que tinha vocação para o ofício de escritor. Até poemas fez para ela.

Já completou 62 anos de idade e tinha direito adquirido quando veio a reforma da previdência, sem filhos, sem dívidas, com patrimônio suficiente para garantir uma boa previdência complementar, enfim, fez tudo certo.

Mas falta-lhe coragem. Tem medo de não ter dinheiro para viver bem o tanto que a revolução da longevidade lhe acena. E o noticiário de economia e finanças só o deixa cada vez mais assombrado.

Confessou, certa vez, que acha sua vida deprimente. Mas não tem coragem de mudar. Ele sonha diariamente em fazer o que gosta, como o narrador do romance *A Trégua*, do escritor uruguaio Mario Benedetti:

Só me faltam seis meses e 28 dias para estar em condições de me aposentar. Deve fazer pelo menos cinco anos que mantenho este cômputo diário do meu saldo de trabalho. Na verdade, preciso tanto assim do ócio? Digo a mim mesmo que não, que não é do ócio que preciso, mas do direito a trabalhar no que eu quiser.

Mas, diferentemente do narrador, parou de contar os dias que faltam para se aposentar. Tem dinheiro suficiente para fazer o que quiser, mas acha que precisará trabalhar no que não quer até morrer.

A cerca de 500 quilômetros de onde mora, vive um contemporâneo seu que se aposentou há dois anos. Não se conhecem, mas a coragem que falta em um sobra no outro. Tinha direito ao benefício do INSS, investimentos suficientes para a previdência complementar e, aos 56 anos de idade, sente-se jovem o bastante para namorar, viajar e com tempo para curtir a vida. Mas tem filhos, e não são poucos. Três casamentos e seis filhos exigem um cálculo de aposentadoria diferenciado. Então, descobriu na prática que precisa voltar a trabalhar ou verá seus recursos minguarem, o que lhe condenará a uma vida pacata à espera da visita dos filhos e netos. A imagem do céu para uns, o que, definitivamente, não é o seu caso.

Dois homens de meia-idade, classe média alta, vivendo no Brasil no século do aumento da expectativa de vida, mostram que pensar na aposentadoria não tem o mesmo significado do que foi para os nossos avós. E estamos falando de apenas dois exemplos.

Quando as histórias são femininas, elas ganham contornos mais dramáticos. Estudos mostram que as mulheres são as maiores vítimas da pobreza depois de aposentadas. Mesmo mulheres bem-sucedidas acabam sucumbindo à falta de um patrimônio financeiro, que complemente o benefício do INSS e experimentam uma queda no padrão de vida quando se aposentam.

Segundo Alexandre Kalache, médico que implementou o programa de envelhecimento ativo da Organização Mundial da Saúde (OMS), um estudo feito em São Paulo mostrou altos índices de depressão em mulheres que acabam indo morar com filhos depois de viúvas.

O principal ponto para as mulheres é que elas têm salários menores e tendem a cuidar mais das demandas da família. Colocam os filhos em primeiro lugar e esquecem daquela regra básica de segurança em viagem de avião, na qual, em caso de despressurização da cabine, coloque primeiro a máscara de oxigênio em você e só depois em quem está ao seu lado, mesmo que seja seu filho.

Para salvar-se financeiramente, é preciso observar a mesma regra. Lembre-se, se você tem autonomia financeira, poderá até ajudar os seus filhos se for necessário. Mas, se depender do seu filho, pode se ver em dificuldades no futuro e não por culpa dele. Seu filho terá os próprios desafios financeiros para encarar, pois viverá num mundo com menos empregos, terá a própria família e, provavelmente, não poderá contar com uma aposentadoria generosa do governo. Os estudiosos são unânimes em afirmar que novas reformas virão (vamos falar sobre isso mais à frente no capítulo sobre INSS).

Você precisará de informações corretas para alcançar dinheiro e saúde, esses dois itens importantíssimos para viver sua longevidade em plenitude. Como as histórias reais que contei nos mostram, viver muito nos coloca diante do maior desafio: o que queremos da vida. No passado, a morte chegava cedo, antes que essas inquietações nos tirassem o sono. Era uma época em que se esperava que aos 70 anos você estivesse quietinho em casa, a-po-sen-ta-do.

Já escrevi alguns guias sobre aposentadoria e previdência. O primeiro tinha meus 30 e poucos anos, o *Guia Valor Econômico de aposentadoria.* Era editora de investimentos do jornal *Valor Econômico.* Hoje, lendo tudo o que já escrevi, vejo que meu olhar mudou, mas o mundo mudou ainda mais.

Com o planejamento da aposentadoria não é diferente. Você começa com planos que, com certeza, vão mudar ao longo das décadas. Aliás, essa é a única certeza que você terá neste processo recheado de incertezas financeiras, pessoais e profissionais: as mudanças serão constantes e manter-se informado é imperativo.

No século do aumento da expectativa de vida, todas as regras sobre aposentadoria foram colocadas de ponta-cabeça. E talvez você até descubra que nunca irá se aposentar. Isso pode ser bom ou ruim e dependerá do quanto você se preparou. Mesmo para continuar trabalhando depois de aposentado, é necessário se preparar.

Veja, por exemplo, o que era a regra no passado: você precisará de 70% do seu último salário para manter seu padrão de vida depois de aposentado. Essa regra está totalmente ultrapassada. Algumas pesquisas mostram que você precisará de mais dinheiro na aposentadoria do que quando estava no mercado de trabalho.

E por quê?

- Porque você não terá mais o patrão pagando o seu plano de saúde, e essa despesa terá um peso enorme no seu orçamento;
- Porque talvez os seus filhos ainda estejam morando com você, visto que neste século 21 as crianças

demoram mais para deixar a casa dos pais e para entrar no mercado de trabalho;
- Porque você estará muito jovem e vai querer viajar e se divertir.

Pesquisas mostram que poucas pessoas já fizeram o cálculo de quanto precisarão na aposentadoria. E não apenas no Brasil. Mesmo em economias desenvolvidas, como a americana, a educação previdenciária ainda está longe de atingir um percentual que deixe governos e famílias tranquilos em relação ao futuro.

Por isso, há grandes universidades dedicando cada vez mais recursos para pesquisas que apontem para políticas públicas e privadas, visando a educação financeira de trabalhadores, seus filhos e suas famílias.

Nos últimos anos, com o crescimento das redes sociais, houve uma proliferação de conteúdos de educação financeira, finanças e investimentos. Há coisas muito boas, outras nem tanto. Mas o que mais me chama a atenção é a ausência de conteúdo voltado para a educação previdenciária. A previdência tem contornos específicos que são deixados completamente de lado quando tratados por muitos influenciadores, ou *influencers*, como são chamados esses novos profissionais.

No *MyNews*, canal de jornalismo que criei em 2018, observamos uma demanda por esse conteúdo diante da pouca oferta. Criamos então o *MyNews Vida e Previdência*, um canal específico para tratar do tema. Há uma grade com programas, cursos e entrevistas.

Não há influenciadores no *MyNews*. Nosso time é de jornalistas profissionais. Isso não é uma crítica aos influenciadores, há alguns excelentes, inclusive, que costumo seguir. Mas, nesse canal, não damos nossa opinião e nem recomendações de investimentos. O que fazemos é levar informação, com apuração que segue estritamente os princípios jornalísticos para que você tome então a melhor decisão para a sua vida. Decisão aliás que, como falei, vai passar por mudanças ao longo do tempo. E não há nada de errado com isso. O importante é que você vá construindo seu caminho com o equilíbrio necessário para saber aproveitar a vida, as oportunidades, de olho também no futuro.

O lado fiscal é importantíssimo em qualquer planejamento previdenciário e ponto de partida para criar sua carteira de investimentos. Há detalhes que, se forem deixados de lado, comprometerão o sucesso da sua carteira.

Gosto de traduzir aposentadoria como “liberdade financeira” e você não precisará ser milionário para conquistá-la.

Então veja, sua liberdade financeira ou aposentadoria será um mosaico formado por diversas fontes de renda que você irá construir ao longo do tempo. O INSS será apenas uma dessas fontes.

A previdência privada, ou complementar, é a outra peça. E nesse item, talvez você tenha que ter uma carteira com planos de previdência que combinem diferentes formas de tributação.

Para completar o mosaico, você poderá contar com outras rendas como:

- renda de dividendos (parte do lucro de empresas distribuído a acionistas);
- renda de aluguel;
- renda de juros pagos em títulos de renda fixa do Tesouro Nacional e outros;

- trabalho como consultor ou mesmo outra carreira com horários mais flexíveis. No exterior já há uma onda nesse sentido.

Por isso, se você consegue montar essa engrenagem aos 50 anos, por que não antecipar a aposentadoria, se tiver recursos suficientes? Mas atenção, pois com o aumento da expectativa de vida essa é uma situação cada vez mais difícil.

Você poderá também chegar aos 60 ou 65 anos de idade sem ter acumulado o suficiente. Nesse caso, o melhor seria adiar um pouco a decisão de se aposentar até conseguir os valores necessários para manter o seu padrão de vida.

São dois os ingredientes básicos para você conquistar um patrimônio que lhe permita ganhar a independência financeira: tempo e dinheiro. Quanto mais você tiver de um, menos precisará do outro. Portanto, ajuste seu foco nesses dois itens.

Se você quer parar de trabalhar antes dos 60 anos, deve começar a guardar dinheiro o quanto antes ou fazer depósitos mensais bastante altos. Outro ponto que irá ajudá-lo é ser mais arrojado nos seus investimentos, ou seja, perseguir taxas de retorno maiores em suas aplicações, o que significa deixar uma parcela maior de seus recursos em mercados de maior risco, como ações. Note que, quanto mais tempo você tiver, mais arrojado poderá ser, porque o tempo ajuda a diluir o risco de determinadas aplicações. Ao contrário, se você já estiver às vésperas de sua aposentadoria, é saudável reduzir a parcela de risco de seus investimentos. Observe que os analistas falam em reduzir, e não em eliminar, essas aplicações de seu portfólio – em especial as ações (veja mais detalhes no capítulo sobre ações).

A partir de agora, nossa meta é liberdade financeira, o que não significa enriquecer a ponto de nos tornarmos bilionários, mas fundamentalmente ter um patrimônio e uma renda que nos deem tempo para escolher onde, como e com quem trabalhar – o que não é pouca coisa e, sinceramente, é melhor do que qualquer salário do mundo, por maior que este seja.

A aposentadoria é apenas uma forma de alcançar essa liberdade. Mas se você pensa em deixar para iniciar o seu plano de investimentos quando o dinheiro estiver sobrando, esqueça. Dificilmente você o conseguirá.

As pesquisas comportamentais mostram que a procrastinação, essa mania que temos de deixar tudo para amanhã, nos impede de dar o pontapé inicial nesse jogo no qual o nosso principal adversário pode ser nós mesmos.

Contudo, não seja muito exigente consigo mesmo, o fundamental é ter disciplina. Comece guardando pouco, que é para não fazer falta no orçamento e não sofrer a tentação de fazer resgates no meio do caminho. Nada é pior para uma estratégia de longo prazo do que fazer resgates antes de fechar o ciclo de investimentos.

Com isso, você tira a principal força das aplicações de longo prazo: a taxa composta, ou seja, o juro sobre juro. Assim, comece separando cerca de 100 ou 200 reais, se isso é tudo de que pode dispor. Ou até menos. Mas veja que, no longo prazo, o fato de ter disciplina para guardar dinheiro fará uma enorme diferença. O importante é que você não encontre mais motivos para adiar o início do seu programa de investimento para alcançar a tão sonhada liberdade financeira.

COMECE AOS POUCOS
Taxa real de retorno (ao ano): 6%

Aplicação mensal	10 anos	15 anos	20 anos
50,00	R$ 8.163,21	R$ 14.415,42	R$ 22.782,29
100,00	R$ 16.326,43	R$ 28.830,85	R$ 45.564,58
150,00	R$ 24.489,64	R$ 43.246,27	R$ 68.346,87
200,00	R$ 32.652,86	R$ 57.661,69	R$ 91.129,15

Fonte: A, R&D Finanças Pessoais.

Há algumas barreiras que nos impedem de pensar na aposentadoria. A principal delas é lidar com a ideia do envelhecimento. No Brasil, envelhecer é quase um pecado. Vivemos como se a expectativa de vida fosse de 28 anos de idade e, se a realidade teima em se impor e nos levar a atravessar a fronteira dos trinta e dos "enta" (40, 50, 60...), então teremos um problema se não nos prepararmos física, mental e financeiramente para isso.

Não é só comprando um plano de previdência que você vai se preparar para o envelhecimento. Ele é parte importantíssima para pavimentar esse caminho. Mas não basta, e não estou falando apenas de dinheiro.

Simplesmente não nos preparamos para amadurecer. O dinheiro talvez seja a parte mais fácil de resolver com o aparecimento no mercado brasileiro de novos produtos de investimento de longo prazo e incentivos fiscais que vão nos ajudar a levar nossas economias para o futuro de forma segura e rentável.

O objetivo é que, ao contrário da gente, nossas economias cheguem cada vez mais gordas no futuro. Sim, se tudo der certo, você fizer exercícios, não fumar e mantiver um estilo de vida que inclua uma alimentação saudável, as chances são grandes de você envelhecer tanto que chegará a ser um centenário. E, acredite, isso será muito bom. Daí a importância de ir construindo uma estratégia e fazer planos para o futuro. Mas é fundamental que esses planos saiam do terreno dos sonhos para se tornarem realidade. Essa é a proposta deste livro: iniciar essa caminhada com você. Como? Entregando informações que irão ajudá-lo a organizar seu raciocínio e criar estratégias vencedoras para quando o futuro chegar.

Nos próximos capítulos, vou apresentar informações importantes para que você crie sua própria estratégia. Tenho certeza de que com as informações corretas e sem as promessas vãs de ganhos fáceis e rápidos você construirá uma estrada de sucesso para conquistar a tão sedutora independência financeira e poderá inclusive escolher se quer se aposentar ou não.

Então, vem comigo.

Capítulo 2
Dias melhores virão

Se antes a aposentadoria era um sinal indelével de que o bom tempo estava terminando, hoje ela é a certeza de que dias melhores virão, talvez os melhores anos de sua vida.

Mas para desfrutar de tudo o que lhe aguarda, planejar é preciso. O maior desafio é colocar para a família que este é um problema de todos. Sim, a sua aposentadoria começa com a mesada do seu filho.

O ciclo de vida passa por uma profunda mudança. Antes, as pessoas viviam o suficiente para se reproduzir. Hoje já vivem o bastante para ver sua família crescer além da quarta geração. Bom? Excelente! Mas é preciso preparar o corpo, a mente e o bolso para este novo cenário.

Se conflitos de gerações já apareciam quando a vida era curta, no século dos centenários o desafio é elevado à décima potência, ou mais.

Falo da mesada porque, para muitos pais, educar os filhos financeiramente e colocar limites em suas demandas envolvendo dinheiro é urgente, e não falo apenas de crianças. São muitos os brasileiros que chegam à maturidade em situação difícil por terem sido muito generosos com os filhos, irmãos e parentes.

Parece egoísta? Não. Acredite em mim, é realista. Mulheres, principalmente, são vítimas de generosidade excessiva. Por isso, muita atenção a esse ponto. Cuide primeiro da sua independência financeira. Depois, se der (e você quiser) ajude a galera. Você não tem ideia do quão bom será para todos que você não dependa de ninguém na sua velhice e consiga desfrutar dos anos a mais que a ciência nos proporciona.

A previdência, para a grande maioria dos brasileiros, é sinônimo de aposentadoria. Mas, na verdade, não é bem assim. Previdência é o sistema pelo qual você transporta a sua renda de hoje para o futuro.

Quando você era criança, precisava dos seus pais para pagar a sua alimentação, a sua moradia, a sua educação etc. Você cresceu, se formou e entrou no mercado de trabalho. Agora, sua renda vem do trabalho. Mas como será no futuro? Pois bem, o futuro pertence à previdência. É a previdência que vai garantir sua subsistência quando você já não estiver mais trabalhando.

O agente que vai operacionalizar a previdência pode ser público ou privado. O agente público é o Estado, a chamada previdência social, que assume o papel de condutor da sua renda até o futuro. O agente privado são as companhias seguradoras, os fundos de pensão ou as empresas abertas de previdência complementar.

No Brasil, todos os trabalhadores são obrigados a contribuir para o sistema de previdência social e têm direito a receber um benefício quando se aposentam. Se for um trabalhador da iniciativa privada, vai contribuir para o Regime Geral de Previdência Social, o INSS. Mas se for funcionário público, contribuirá para o Regime Próprio de Previdência Social da União ou dos Estados e Distrito Federal ou dos municípios.

O conceito de previdência também está dividido em dois regimes: o de repartição e o de capitalização.

A previdência social brasileira funciona sob o regime de repartição. Quem contribui, paga o benefício do outro que está aposentado, na esperança de que no futuro as novas gerações de contribuintes façam o mesmo e paguem a sua aposentadoria. Só existe um problema: você está fazendo um pacto com gerações que ainda nem nasceram. Tudo funciona muito bem quando há muitos trabalhadores contribuindo para o sistema. Mas à medida que esse grupo vai ficando escasso, compromete as aposentadorias futuras. Os regimes de repartição são compatíveis com economias com alta taxa de natalidade – muita gente trabalha e contribui para pagar as pensões dos que estão no topo da pirâmide demográfica.

O problema da previdência oficial no Brasil é que o regime de repartição foi montado há mais de 50 anos, quando a base da pirâmide demográfica ainda era ampla.

Hoje, as taxas de natalidade e mortalidade já caíram bastante e podem cair ainda mais. Assim, forma-se uma base menor e um topo maior, o que cria um problema para os sistemas de repartição.

E é assim que essa relação fica desbalanceada, seja porque estão nascendo menos pessoas, seja porque as pessoas estão vivendo mais tempo (o que faz aumentar o número de aposentados), seja pelos dois motivos, que é exatamente o que ocorre na maior parte do mundo atualmente. No Brasil, em 1980, havia 2,84 contribuintes para cada beneficiário. Em 1990, essa proporção caiu para 2 trabalhadores por aposentado e atualmente a relação é de 1,9 para 1.

Pelo regime de capitalização, que é a base da previdência privada, as pessoas contribuem numa conta de investimento que cresce ao longo do tempo para pagar seu próprio benefício. No sistema de capitalização, o trabalhador contribui no presente para, no futuro, ter dinheiro para arcar com sua própria aposentadoria. Essas contribuições são investidas e capitalizadas e servem para o pagamento das pensões.

Em relação à metodologia adotada para determinar os níveis de contribuição e benefício do trabalhador, o sistema de capitalização pode ser com contribuição definida ou com benefício definido. Os planos mais modernos costumam adotar o sistema de contribuição definida. Os planos de Benefício Definido ou BD estão em extinção. Mesmo no Brasil, onde ainda há uma grande quantidade desse modelo, eles foram herdados principalmente em empresas estatais. Os novos planos que estão sendo oferecidos são de Contribuição Definida (CD).

O primeiro pilar da previdência é o INSS. Não há no mercado privado nenhum plano que ofereça tantos benefícios a um custo tão baixo quanto a previdência oficial.

Mas a previdência não vai quebrar? Essa é uma pergunta recorrente e uma desculpa frequente para não acertar as suas contas com o INSS. Veja, as contas da previdência são um dos pilares mais importantes das contas públicas e, por isso, o sistema vem passando por reformas. A última grande reforma ocorreu durante o governo do ex-presidente Bolsonaro, mas é consenso entre os estudiosos que outras reformas virão.

Tudo isso é feito justamente para manter a segurança do sistema. Se o sistema previdenciário quebra, é porque as contas públicas estão em completa desordem e, nesse caso, não será a previdência privada que sobreviverá incólume. Quando a economia de um país quebra, é porque todo o sistema está comprometido.

Complementar a sua renda na aposentadoria é parte do processo – e, sem dúvida nenhuma, uma parte extremamente relevante. No entanto, isso não basta. É preciso pensar na saúde, no estilo de vida e no próprio trabalho. Porque, como você já percebeu, a aposentadoria do século 21 não é necessariamente sinônimo de parar de trabalhar. Para cada uma dessas demandas, é preciso traçar uma estratégia. Para ter qualidade de vida, você precisará investir em saúde, mas não só isso.

É preciso investir em:

- capital financeiro;
- capital físico e mental (saúde);
- capital social (amigos, famílias e relacionamentos);
- capital intelectual (trabalho, estudos e atualizações).

Não parece muito eficiente se aposentar com rios de dinheiro se a empreitada que enfrentou para construir esse patrimônio drenou a sua saúde. É fundamental ter equilíbrio para preservar o capital nessas quatro esferas. Daí, se você realmente acredita que basta chegar a uma agência bancária, comprar um plano de previdência e sair de lá com a certeza de um futuro tranquilo, as chances são grandes de ter problemas mais adiante.

Armadilhas pelo caminho

Se alguém disser que este ou aquele investimento vai enriquecê-lo da noite para o dia, desconfie. E em nenhuma hipótese coloque em aventuras o dinheiro investido para a sua aposentadoria. Estou me rendendo aqui ao termo aposentadoria na incapacidade de encontrar outro melhor e que reúna os dois principais pontos que estamos tratando, que é envelhecer com uma queda gradual e natural na receita.

Dado esse cenário, como fazer para chegar lá no futuro em boas condições físicas, mentais e financeiras, com autonomia e independência? É sobre isso que estamos falando e quero destacar algumas armadilhas que podem comprometer o seu sucesso:

As cinco maiores armadilhas são:

- **Procrastinação:** Adiar a reflexão, as decisões e ações sobre o assunto. E assim, sempre deixando para amanhã, você se vê às vésperas da aposentadoria sem nunca ter pensado efetivamente na sua maturidade.
- **Não cuidar da sua saúde:** Muitos estudos mostram que, não raro, as pessoas, principalmente os homens, são aposentados compulsoriamente por causa de problemas de saúde. Não dedicar o devido cuidado ao seu corpo e à sua mente é um grande erro, pois a saúde é o seu maior patrimônio em qualquer etapa da vida, mas ganha ainda mais relevância na maturidade.
- **Entregar o planejamento para os outros:** Não acompanhar os seus investimentos nem participar ativamente da estratégia da construção do seu patrimônio para o futuro é jogar com a sorte. O acompanhamento regular é importante até mesmo para

saber se você e o seu consultor ou o gestor do plano de previdência estão em sintonia com as suas expectativas.

- **Acreditar que seus filhos cuidarão de tudo:** Erro muito comum dos pais, principalmente das mães. Muita atenção a esse ponto. Seus filhos terão os próprios desafios para enfrentar.
- **Esperar sobrar dinheiro para começar a investir:** Se você está esperando uma folga no orçamento para começar a investir na aposentadoria, esqueça. Dificilmente terá sucesso. O melhor é colocar essa aplicação como o primeiro item do seu orçamento.

Para aqueles que têm filhos, eu coloco aqui uma sexta armadilha: a herança. Os pais costumam pensar e planejar mais a herança dos filhos do que a própria sobrevivência na aposentadoria, e isso costuma dar muito errado, para ambos, pais e filhos. Para famílias de classe média, deixar uma herança financeira não será tão trivial e exigirá esforço. Afinal, nesse novo contexto de ciclo de vida, uma boa parte do que se transformaria em herança será usado pelos próprios pais. Na verdade, os especialistas já estão dando como certo que a herança, em muitos casos, está morta.

Investir é preciso...

Guardar dinheiro não é suficiente. Para engordar suas economias é preciso investir. Ah, mas você não gosta desse assunto? Provavelmente porque você acredita que isso é coisa para economistas e gente do mercado financeiro. Engano. Investir é para todo mundo.

Os princípios básicos de investimento são acessíveis a qualquer um e vamos falar mais detalhadamente sobre renda fixa, ações, fundos de investimento e planos de previdência. Com esse panorama, você conseguirá analisar o cardápio que tem disponível na hora de fazer suas aplicações financeiras. Não há milagres. Mas você verá que com boa informação é possível multiplicar o seu patrimônio ao longo dos anos.

Há uma diferença enorme entre guardar dinheiro e investir. Quando você guarda dinheiro, simplesmente o aplica com o objetivo de manter seu poder de compra, ou seja, faz aplicações que o protejam da inflação.

Mas quando você investe o seu dinheiro, quer mais do que uma taxa de retorno igual à da inflação. Nesse caso, você deseja fazer crescer o seu patrimônio, e para tanto busca rendimento acima da inflação.

Para garantir sua aposentadoria, é preciso investir. Só uma estratégia de investimentos de longo prazo poderá dar a você a certeza de que seu patrimônio irá crescer ao longo do tempo. Para tanto, você deve estar disposto a correr riscos. O nível desses riscos dependerá de algumas variáveis, como sua própria tolerância ao risco, sua idade e o prazo de que você dispõe para atingir o seu objetivo.

Sua carteira, então, precisará ter investimentos que contemplem os mais diferentes graus de risco, criando um equilíbrio capaz de atender ao seu perfil de investidor (seja você conservador, moderado ou arrojado) e de fazer você atingir sua meta – no caso, a aposentadoria.

Por mais conservador que você seja, por exemplo, sua carteira necessariamente deve ter uma parcela direcionada ao mercado de ações. Para investimentos de longo prazo, você não poderá prescindir de aplicar na bolsa de valores.

Isso porque, no longo prazo, as ações, quando bem escolhidas, podem fazer maravilhas e incrementar o seu patrimônio.

Mesmo no Brasil, onde nos últimos 30 anos a renda fixa apresentou uma superioridade ao rendimento das ações, há empresas que isoladamente bateram muito as taxas de juros.

Investimento de longo prazo é diferente

No Brasil, é muito comum encontrar investidores que aplicam seus recursos de longo prazo em alternativas claramente destinadas a metas de curto prazo. Os brasileiros têm muita dificuldade em renunciar à liquidez, ainda que o objetivo seja de prazo acima de dez anos ou mais. Com isso, perdem a oportunidade de usar incentivos fiscais, ou seja, economia de impostos que ajudam a engordar o patrimônio.

A vantagem fiscal para aplicações de longo prazo se traduz desde alíquotas menores no Imposto Renda sobre os ganhos da aplicação a benefícios como descontar da sua renda tributável as aplicações que são feitas nos planos de previdência (caso dos PGBLs e dos fundos de pensão).

Nas aplicações de curto prazo é prudente concentrar os recursos em investimentos de baixíssimo risco. Já nas de médio prazo, você pode até dedicar uma pequena parcela a aplicações de maior risco, como as ações.

No longo prazo, porém, o tempo está a seu favor e permite que você se dedique a mercados com maior potencial de ganho (o curto prazo embute um risco enorme aos seus recursos). Isso porque você terá tempo para recuperar perdas, seja pela volta do preço justo dos ativos, seja porque você terá contabilizado ganhos em outras aplicações que compensarão suas perdas.

Fique de olho no ganho real

No processo de investimento, outro ponto importante é estar atento ao ganho real das aplicações, ou seja, o retorno acima da inflação. Caso contrário, na prática, você está perdendo poder aquisitivo, mesmo que nominalmente o saldo das suas aplicações tenha crescido.

Descobrir o ganho real das suas aplicações não é uma tarefa difícil. Comece calculando o seu ganho nominal. Depois, escolha um índice de inflação e desconte da sua taxa nominal o correspondente à inflação do mesmo período de sua aplicação. Para as aplicações de médio e longo prazo, esqueça o ganho nominal e foque no ganho real.

Aposentar cedo e com um bom dinheiro é o sonho de muita gente. Para isso, será necessário dinheiro, muito dinheiro.

No entanto, atenção, não há mágica nesta seara. A conta é simples: quanto mais dinheiro você tiver, mais tempo poderá usufruir ou um montante maior poderá tirar.

Sim, essa é a equação: ou você resgata valores maiores ou resgata por mais tempo. As duas coisas juntas exigirão um esforço brutal, que dificilmente você conseguirá levar a cabo.

Por isso, seja realista e analise realmente o que é melhor para você. Talvez descubra que deseja se "aposentar" cedo, aos 50 anos, por exemplo, mas na verdade não quer parar de trabalhar.

Como?

Você pode optar por um trabalho de meio período ou uma outra atividade que não lhe dê os mesmos padrões de remuneração, mas certamente vai deixá-lo mais feliz.

Dessa forma, você não precisará utilizar o capital que acumulou até os 50 anos, poderá deixá-lo render por mais dez anos, por exemplo, ainda que sem fazer nenhum aporte adicional.

O simples fato de deixar o dinheiro aplicado, rendendo juros sobre juros, já terá um impacto significativo sobre o montante. Ao mesmo tempo, economizou dez anos de utilização dos recursos.

As crises e sua aposentadoria

Está aí outra diferença dos investimentos para objetivos de longo prazo: possibilidade de fazer bons negócios em momentos de crise, quando você encontra bons ativos a preços baixos.

Sim, é possível fazer excelentes investimentos em momentos de crise, desde que você se movimente com cautela, conheça os riscos de cada aplicação e tenha sempre em mente o seu prazo de investimento.

Contudo, você deve aplicar em investimentos de risco apenas a parcela de seu dinheiro proporcional à sua disposição para assumir riscos.

Capítulo 3
O melhor investimento

Fuja de promessas de ganhos mirabolantes que o deixarão rico e ainda sem correr riscos. Já falei isso? Nunca é demais repetir, porque é impressionante a quantidade de pessoas que são seduzidas por essas promessas. É um comportamento que sempre existiu e, com a internet, se multiplica numa velocidade absurda.

Uma carteira de investimento deve mesclar aplicações em renda fixa e renda variável. Para ter uma diversificação eficiente, você precisa investir em mercados e em ativos que tenham correlação negativa, ou seja, que se comportem de forma que um proteja a carteira se o outro estiver em baixa.

Ao comprar ações de diferentes setores, você não diversifica seus investimentos, pois se mantém concentrado no mercado de ações. Da mesma forma, a compra de fundos de renda fixa de vários gestores não significa diversificação: ainda assim, suas aplicações estarão concentradas em renda fixa.

Faça a sua diversificação em duas etapas. Na primeira, diversifique entre os mercados. Na segunda, diversifique entre os produtos de cada mercado.

As aplicações em renda fixa são as mais conservadoras, têm um fluxo de caixa constante e pagam juros. Podem ter rendimentos pós-fixados ou prefixados. Quando você compra um título de renda fixa, passa a ser credor do emissor do título.

Note que renda fixa não quer dizer que a rentabilidade da aplicação não varia. Os papéis de renda fixa têm um preço que oscila diariamente. O que é fixo é o fluxo de pagamento de juros acordado no título. Assim, se precisar vender o título antes de seu vencimento, você poderá ter lucro ou prejuízo, dependendo do preço que pagou pelo título na compra. É considerada uma aplicação mais conservadora do que a renda variável, porque as oscilações de preço costumam ser menores.

No mercado de renda variável, o principal produto são as ações. Ao comprar uma ação, você passa a ser sócio da empresa. Se a empresa obtiver lucro – e puder, portanto, distribuir dividendos –, você ganhará.

Perspectivas de aumento do lucro e de expansão da empresa também poderão render ganhos para o investidor de ações, porque tendem a provocar uma valorização do preço das ações da empresa no mercado.

Imóveis são investimentos?

Sim, os imóveis são uma opção de investimento em renda fixa. Mas como qualquer outro ativo, eles precisam se valorizar para aumentar seu patrimônio. Por isso, quando comprar um imóvel para investimento, procure especialistas que saibam apontar tendências de valorização.

São dois os caminhos para o imóvel na sua carteira de investimentos para a aposentadoria: a valorização e a complementação de renda com fluxo de recebimento de aluguel.

Observe, no entanto, que, para que você tenha um rendimento quando estiver aposentado, seus imóveis devem estar alugados.

No período de acumulação de capital, você poderá fazer um bom investimento se comprar um imóvel numa área que seja valorizada no futuro. Mas cuidado: seu imóvel perderá valor se estiver em uma área já saturada. Esse é um mercado para especialistas e, por isso, é prudente se informar sobre as perspectivas de valorização da região em que está localizado o imóvel que pretende adquirir.

O sindicato da habitação (Secovi) do seu estado pode ajudá-lo na hora de fazer a avaliação de um imóvel. Outra opção é buscar informações nos departamentos universitários que analisam a área imobiliária. Corretores de imóveis e analistas de ações que acompanham empresas do setor também são boas fontes.

Enfim, você precisará ir a campo fazer sua pesquisa.

O dólar é um bom investimento para a aposentadoria?

Não. Mesmo para quem pretende morar no exterior esse não é um investimento recomendado.

Guardar dólares debaixo do colchão, na gaveta ou no cofre não levará você a atingir os seus objetivos – sejam eles a aposentadoria, a casa própria ou a escola de seus filhos – de forma eficiente.

Para quem pretende fazer investimentos dolarizados, a melhor rota é procurar fundos cambiais, fundos de investimento no exterior ou ainda algumas alternativas de aplicações diretas no mercado internacional. As corretoras brasileiras que estão abrindo filiais fora do país são um caminho para acessar esses investimentos.

Essas corretoras estão abrindo negócios no exterior, principalmente em Miami, justamente para atender brasileiros que querem investir parte da carteira em títulos do governo dos EUA ou em ações americanas.

Investir fora do país é uma prática perfeitamente legal, desde que seu dinheiro tenha origem comprovada e você pague os impostos exigidos. Ou seja, você não pode esconder a sua aplicação nem do Banco Central, nem da Receita Federal.

Mas não se esqueça: mesmo que suas aplicações estejam em moeda estrangeira, é necessário fazer investimentos com potencial para dar mais rentabilidade ao seu patrimônio, com o objetivo de protegê-lo dos efeitos corrosivos da inflação e para fazê-lo crescer.

Atualmente, são muitas as alternativas das chamadas contas globais, e os bancos digitais oferecem a um custo bem atraente para volume pequeno de recursos. Bem pequenos. E o que é melhor, você consegue fazer tudo a partir de seu celular.

A caderneta de poupança pode ser uma opção de investimento para a aposentadoria?

Não. No longo prazo, são grandes as chances de a caderneta perder para a inflação.

A maior parte do dinheiro aplicado na poupança serve para que os bancos façam empréstimos imobiliários. A taxa que os clientes pagam por esses empréstimos serve de base para a remuneração da poupança. Por isso, o rendimento da poupança nunca poderá ser muito atraente, para não encarecer esses empréstimos.

Trata-se de uma aplicação extremamente conservadora. Apesar disso, tem duas vantagens: isenção de Imposto de Renda e inexistência de taxa de administração.

Mesmo com essas vantagens, a poupança não é indicada para investimentos para a aposentadoria, pois costuma falhar no médio e longo prazo na proteção à inflação. E você já sabe: a alta dos preços é seu maior inimigo ao construir um patrimônio para a aposentadoria.

Um caminho tão ou mais seguro que a poupança, e mais rentável, são os títulos do Tesouro Nacional, vendidos no programa Tesouro Direto. Hoje, há títulos que embutem um período de acumulação e outro de pagamento de "benefício", que na verdade é a programação do desinvestimento pago em parcelas, criados especificamente para quem está investindo para a aposentadoria. São os chamados Tesouro Renda+.

Quanto maior a quantidade de dinheiro e o prazo da aplicação, maior a diferença de rentabilidade entre os títulos do Tesouro e a poupança. Dinheiro na poupança só se for pouco, menos de mil reais, e assim mesmo apenas no curtíssimo prazo: menos de seis meses.

Há um equívoco comum de achar que a caderneta de poupança tem a garantia do governo. Muitas pessoas evitam resgatar o dinheiro dessa aplicação, mesmo com a baixa rentabilidade, porque acreditam que, em caso de problemas com o banco, o governo irá socorrer.

Engano. A poupança não conta com nenhuma proteção governamental. Está entre os produtos financeiros cobertos pelo FGC, o Fundo Garantidor de Crédito.

Trata-se de um fundo mantido pelos bancos e que cobre perdas totais de até 250 mil reais que um cliente tenha, em caso de quebra do banco. Mas observe que esse limite engloba a soma de todos os créditos que o cliente tenha com o banco (poupança, CDB, conta corrente etc.).

Já os títulos vendidos no programa Tesouro Direto contam com a garantia total do Tesouro Nacional.

Internet: aliada ou vilão?

O grande problema do pequeno investidor no passado era a dificuldade de acesso a informações e a produtos de investimento. A internet resolveu esse problema. Mas criou outros.

O dilema atual está no excesso de informações e na quantidade de fraudes financeiras que podem se espalhar rapidamente na web.

Por isso, seu primeiro grande trabalho é selecionar cuidadosamente as suas fontes de informação e os parceiros com os quais irá fazer suas operações financeiras.

É importante questionar:

- **Quão confiáveis são esses parceiros?**
- **Podem prestar o serviço que estão prestando?**
- **Quem são os responsáveis?**

Essas e outras perguntas devem ser feitas antes de você abrir a sua carteira e desembolsar qualquer recurso, por menor que seja.

Qualquer site de investimentos que receba aplicações de um investidor tem, necessariamente, de ser uma instituição financeira. Assim, você poderá obter informações sobre a instituição na Comissão de Valores Mobiliários (CVM) e no Banco Central (BC).

Antes de fazer qualquer investimento, apure dados sobre o histórico da corretora com a qual você pretende trabalhar. Nunca esqueça que o meio da aplicação é virtual, mas a corretora tem de ser real.

Outra observação importante: faça as suas aplicações aos poucos. Comece investindo uma pequena parcela de capital e só com o tempo vá aumentando seu relacionamento com a corretora.

A informação é a primeira linha de defesa contra golpes financeiros
Procure conhecer o mercado antes de investir. Consulte a área educacional do site da CVM (Proteção e Educação ao Investidor).

Desconfie de promessas de retornos elevados com baixo risco
Rentabilidade e risco costumam andar de mãos dadas. Se é bom demais para ser verdade, provavelmente não é verdade.

Baseie a sua decisão em questões objetivas
Golpistas são normalmente pessoas simpáticas e que estão habituadas a mentir. Por isso, tenha um espírito crítico.

Fonte: CVM.

Capítulo 4
Precisamos falar sobre o INSS

A previdência oficial é o conjunto de instituições estatais destinadas a prestar assistência aos trabalhadores e suas famílias.

O sistema de previdência social, ou seguro social, de um país é constituído de um programa de pagamentos ao indivíduo ou aos seus dependentes como compensação da perda de capacidade de trabalho, seja por idade, invalidez ou morte. O seguro social tem como função garantir níveis mínimos de rendimentos para os trabalhadores idosos.

No Brasil, a previdência social oficial para os trabalhadores do setor privado é executada pelo Instituto Nacional do Seguro Social (INSS), que regula e prevê os benefícios para os trabalhadores ou aos seus dependentes. Quem não exerce atividade remunerada – como uma dona de casa, por exemplo – também pode se inscrever na Previdência e contribuir para ter direito aos seus benefícios. Ela é considerada um segurado facultativo. Além do Regime Geral de Previdência Social, existem regimes previdenciários especiais, ou regime próprio, que regulam a aposentadoria dos funcionários públicos, civis federais, estaduais, distritais, municipais e congressistas.

A maior dúvida de quem começa a contribuir para a previdência oficial hoje é saber qual o risco de ficar sem receber no futuro. Não há esse risco. O benefício da previdência é tão importante que, quando o sistema dá sinais de que caminha para o esgotamento, a própria economia acende os alertas. Portanto, não há o risco de ficar sem o benefício. Futuramente, pode acontecer – e este risco é real – de as regras da previdência ficarem mais duras.

A última reforma da previdência social no Brasil ocorreu durante o governo Bolsonaro, mas outras virão. Daí a importância de se acompanhar a evolução das discussões sobre a reforma da previdência social e a performance dos seus investimentos da previdência complementar.

Dentre as várias mudanças que ocorreram na última reforma, está a idade mínima para a aposentadoria de homens e mulheres (62 e 65, respectivamente). Atualmente, vivemos um período de transição e ainda há possibilidades para trabalhadores se aposentarem por tempo de contribuição. Para saber qual a sua situação, consulte o site www.meu.inss.gov.br e veja todas as alternativas possíveis para a sua aposentadoria e ainda a simulação do benefício que irá receber.

Muita atenção para este ponto: o cálculo do benefício. Quanto mais contribuiu, e por mais tempo, maior a chance do valor do benefício estar próximo ao teto. Aqui você terá que tomar uma decisão importante. Poderá renunciar à parte do benefício em troca de se aposentar mais cedo. Vale a pena? Só você tem essa resposta.

Será necessário avaliar financeiramente se é melhor ficar mais cinco ou dez anos, por exemplo, contribuindo e sem receber o benefício para alcançar um valor maior. Não é uma conta trivial, porque levará em conta o tempo que você espera ficar recebendo o benefício, ou seja, seu tempo de vida. Você vai ficar cinco anos sem receber em troca de um benefício 20% maior por quanto tempo? Isso mesmo, no cálculo você tem de estimar a sua própria expectativa de vida.

A incerteza é o ingrediente mais difícil no planejamento da previdência. É preciso aprender a lidar com ela e, principalmente, incorporá-la ao cálculo.

Na previdência complementar não há teto nem idade mínima estabelecida para o início do recebimento do benefício.

Mas, nos dois casos, é o tempo de contribuição o começo de tudo.

No INSS, há os casos das aposentadorias especiais. Professores, por exemplo, estão no grupo de aposentadorias especiais e, aqui, dependendo do tempo de contribuição, as chances são grandes de professoras ainda conseguirem se aposentar aos 50 anos de idade, porque vão reunir duas condições que reduzem o prazo para se aposentar: ser mulher e professora.

Além dos professores, há outras aposentadorias especiais, tipo exposição a agentes nocivos. São três os tipos de risco para aposentadorias especiais: agentes nocivos físicos, químicos e biológicos.

Mesmo com regras mais duras, contudo, a previdência oficial sempre será mais competitiva e mais generosa do que a do setor privado. É uma característica da previdência social. No entanto, ela tem um limite de pagamento.

O governo estipula um teto para o pagamento de benefícios. Não importa o quanto você contribuiu, sua pensão nunca ultrapassará o teto. E muita atenção, porque a tendência é que esse teto seja cada vez menor. A previdência oficial no mundo todo caminha para uma configuração que garante o mínimo necessário para que as pessoas possam sobreviver na velhice, mas não se compromete a entregar o mesmo padrão de vida. Assim, quanto maior a diferença entre o que você ganha e o teto da previdência, maior será a necessidade de ter uma previdência complementar para garantir a manutenção do seu padrão de vida mesmo depois de aposentado.

Sua contribuição dependerá da sua renda. Portanto, mesmo se você for autônomo, terá de observar qual a média de sua renda para pagar as contribuições ao INSS. Já se você é contribuinte facultativo – ou seja, não é obrigado a contribuir e o está fazendo por vontade própria –, essa é uma alternativa de investimento para a aposentadoria muito interessante e vale a pena, sim, contribuir pelo teto.

Muitos profissionais autônomos contribuem pelo mínimo, mesmo tendo renda superior ao teto. Além de ser uma estratégia pouco eficiente, uma vez que você obtém retorno maior pela previdência oficial, esse procedimento poderá levá-lo a ter problemas com a Receita Federal no futuro. Lembre-se de que a Receita Federal é responsável pela fiscalização não apenas do que é devido ao Fisco, mas também ao INSS. Ao cruzar dados, a Receita está enxergando profissionais com patrimônio incompatível com a renda com que contribuem para o INSS.

O custeio da previdência social vem de contribuições dos trabalhadores segurados, das empresas e do governo federal. As contribuições dos trabalhadores são incidentes sobre a folha de salários; as das empresas, sobre o lucro e o faturamento. O governo entra com a quantia estabelecida para esse fim no orçamento e com a receita obtida em concursos de prognósticos (loterias operadas pela Caixa Econômica Federal).

A União também é uma espécie de fiadora da previdência social, e sempre que os recursos não bastarem para o pagamento dos benefícios, a União entrará com o que falta.

Uma dúvida comum dos proprietários de empresas é sobre o percentual a ser recolhido. Nesse caso, a empresa deve descontar 11% do seu pró-labore e recolher outros 20% a título de contribuição patronal, tal qual dos seus empregados. Para quem é autônomo e presta serviços a pessoas físicas, ele próprio deve recolher, e a alíquota é 20%. Para o autônomo que presta serviço para pessoas jurídicas, a própria empresa é que recolhe, tal qual ocorre com os empresários, e as alíquotas são as mesmas: desconto de 11% do valor dos serviços prestados, mais 20% pago pela empresa.

O INSS tem alguns requisitos mínimos, como tempo de carência, por exemplo, que devem ser cumpridos para que a aposentadoria seja liberada. É importante manter-se vigilante a essas condições.

Por que uma aposentadoria é negada?

Não é raro que uma empresa deixe de informar ao INSS as contribuições feitas pelo trabalhador. Quando isso ocorre, pode dar problema e ser uma das causas de ter a aposentadoria negada. Porque, para efeitos da previdência, ele não contribuiu. Então, ele deverá apresentar a documentação que comprove.

Uma segunda situação que é muito comum: o trabalhador que exerce uma atividade que dá direito a aposentadoria especial, como uma siderúrgica, por exemplo. Aquele tempo que você trabalhou, conta mais para a aposentadoria, dependendo do tipo de risco. Quanto mais elevado, maior o multiplicador. Mas a empresa ao reconhecer que o seu trabalho é prejudicial à saúde, que você está exposto a um agente nocivo, essa empresa terá de pagar um adicional.

O que a empresa faz? Ela faz o ppp, o perfil prossiográfico profissional, dizendo que deu todos os equipamentos de proteção ao trabalhador e que você não estava exposto a risco nenhum. E é esta informação que vai para o INSS.

É possível ter duas aposentadorias?

Não no mesmo regime. O que é possível é ter uma aposentadoria e uma pensão. Mas as duas juntas não podem ultrapassar o teto da previdência. Por exemplo, o aposentado recebe seu próprio benefício e a pensão do cônjuge que faleceu.

Perdi o emprego, mas quero continuar contribuindo para a aposentadoria. Como fazer?

Contribua como facultativo. Nessa situação extremamente difícil, você não pode perder de vista a sua aposentadoria e alguns pontos devem ser observados tanto para manter a sua condição de segurado, como para manter a contagem do tempo de contribuição.

Enquanto estava empregado, seu patrão cuidava da contribuição à previdência oficial, tanto a parte de responsabilidade dele, quanto a sua parte, que era descontada do seu salário.

Agora é diferente. Se quiser que esse tempo entre nos cálculos de contribuição, terá de continuar a fazer os recolhimentos, você mesmo.

Como está desempregado, o melhor é contribuir (20%) sobre um salário-mínimo. Não se preocupe sobre o impacto no valor do seu benefício futuro. Entre no site do Ministério da Previdência e emita a guia de recolhimento.

Mesmo desempregado, é possível manter a sua condição de segurado do INSS, veja os detalhes em www.previdencia.gov.br. Mas, esse período não contará como tempo de contribuição para a aposentadoria pelo INSS.

Sem registro na carteira, é possível se aposentar pelo INSS? Como minha mãe pode fazer?

Sim, desde que ela tenha contribuído para o INSS como facultativo ou autônoma.

Essa é maior preocupação dos filhos que fazem parte da chamada geração sanduíche, aquela que além de cuidar dos filhos precisa também arcar com as despesas dos pais, principalmente das mães que nunca contribuíram nem para a previdência social nem para previdência privada.

No entanto, são mães com 60 anos de idade ou mais, ou seja, com uma idade mais avançada para iniciar qualquer tipo de contribuição. Por isso, elas não têm direito ao INSS e, na maior parte dos casos, também não compensa pagar os atrasados.

Mas há a possibilidade de pedir o benefício assistencial ao idoso. A Lei Orgânica de Assistência Social (LOAS) prevê a concessão desse amparo assistencial. No entanto, para ter direito ao benefício, o idoso deve ter no mínimo 65 anos de idade, tanto o homem quanto a mulher, e não possuir outros rendimentos. É necessário preencher alguns requisitos para ter direito a esse benefício.

Dúvidas recorrentes

- **Vivo no exterior, mas quero voltar a morar no Brasil depois de aposentado. Posso contribuir para a Previdência Social?**

  Sim. Se você não trabalha e não contribui para a Previdência do país em que vive, deve contribuir no Brasil como facultativo.

- **Sou empreendedor individual, posso contribuir pelo teto?**
  Não. O empreendedor individual tem a opção de fazer a contribuição mensal reduzida – 5% do salário-mínimo. No entanto, estão enquadrados nesta legislação empreendedores com faturamento até 60 mil reais ao ano. Isso significa que sua renda média mensal pode chegar a 5 mil, abaixo do teto do benefício.

- **Sou sacoleira, declaro Imposto de Renda como isenta. Ainda assim, posso contribuir para a Previdência?**
  Sim, pode e deve, pois é uma garantia não só de que terá um rendimento na aposentadoria, mas também

de outros benefícios, como salário-maternidade, auxílio-doença etc.

- **Vivo do rendimento de aluguéis, é possível contribuir para a Previdência?**
  Sim, nesse caso você contribuirá como facultativo. O quanto contribuir dependerá da renda que você deseja ter na aposentadoria. Nesse caso específico, no entanto, lembre-se de que você já tem os aluguéis como complemento da aposentadoria.

- **Sou empresário e recebo um pró-labore mensal de mais de 5 mil reais. Contribuo pelo teto ou pelo mínimo?**
  O correto é contribuir pelo teto, porque seu pró-labore está na faixa mais alta da Previdência.

- **Meu marido está cumprindo pena em um presídio em São Paulo. Posso fazer contribuição para a aposentadoria dele?**
  Sim. Nesse caso, ele deverá se cadastrar como contribuinte facultativo.

- **Posso me aposentar pelo teto pagando pelo piso?**
  Não existe essa possibilidade.

- **Se eu contribuir pelo teto nos últimos cinco anos, manterei a minha aposentadoria pelo maior valor do benefício?**
  Não. Acreditar que o cálculo do benefício é feito com base nos últimos anos de contribuição é um erro comum.

- **É possível acertar contribuições que fiz abaixo do teto do INSS, enquanto trabalhei como autônomo?** Sim, mas não é simples. Você terá que ir ao INSS e levar documentos que comprovem o exercício da sua atividade como autônomo com remuneração maior do que a paga. Você pagará juros e multa. Isso poderá ser feito referente aos últimos cinco anos. Antes disso está prescrito.

Capítulo 5
Inflação, o grande inimigo

A inflação é uma grande inimiga de qualquer investimento de longo prazo, em especial para a aposentadoria, porque os 900 reais de hoje podem ser os 500 reais de amanhã.

Mas o que é inflação? É a variação dos preços de bens e serviços consumidos, que acaba por corroer o poder de compra de uma moeda.

Houve uma época em que os preços no Brasil chegavam a dobrar num único mês. Era um tempo de instabilidade monetária, em que o dinheiro perdia valor muito rápido e a economia brasileira vivia numa total desorganização.

Estávamos à beira de um colapso econômico e passamos por diversos planos que traziam promessas de controle inflacionário.

No entanto, desde meados de 1994, com o início do Plano Real, o Brasil tem trilhado o caminho de uma estabilização monetária, passando assim a conviver com taxas de inflação bem mais razoáveis do que aquelas que vivemos no final dos anos 1980.

Naquela época, os índices de inflação chegaram a atingir 80% ao mês. Para aqueles que não viveram o período de alta inflacionária, talvez seja difícil dimensionar o estrago que uma inflação descontrolada provoca nas finanças pessoais.

Desde meados de 1999, o Banco Central do Brasil adotou uma metodologia para a defesa da moeda, baseada em meta de inflação, utilizada em mais de 50 países. A meta de inflação é o mecanismo pelo qual o Banco Central anuncia publicamente o intervalo em que a taxa de inflação deverá ficar num determinado período. Se a inflação ameaça ultrapassar a meta, os juros sobem.

O Banco Central tem como função assegurar a estabilidade da moeda e do sistema financeiro. Proteger a moeda significa manter o seu poder de compra, ou seja, não deixar que a inflação acabe por corroer seu poder aquisitivo.

Mas, mesmo em níveis mais baixos do que os da década de 1980, a inflação nunca deve ser relegada a segundo plano. Combater a inflação, ou seja, preservar o nosso poder de compra, é fundamental para planejarmos o futuro. Mesmo pequenas taxas de inflação fazem estragos grandiosos no longo prazo. Numa estratégia de investimento para a aposentadoria, este é o inimigo número 1.

Warren Buffet, um dos investidores mais bem-sucedidos do mundo, disse sobre a inflação: “A aritmética afirma que a inflação é o tributo mais devastador de todos”.

O tributo da inflação possui a fantástica capacidade de consumir capital. Para uma viúva cuja poupança rende 5%, não faz diferença pagar 100% de imposto de renda sobre os juros num período de inflação zero ou não pagar imposto num período de 5% de inflação. Nos dois casos, ela é taxada de tal forma que sua renda real é zero.

Não há proteção total contra a inflação, mas alguns ativos reais podem ajudar. Por isso, o importante é cuidar do rendimento real de suas aplicações.

Esse rendimento real é o que vai dar a certeza de que seu poder de compra está sendo mantido apesar da inflação. Mas em casos de crises, com a disparada das taxas de inflação, controlar suas aplicações financeiras exige um cuidado redobrado.

Uma forma de se proteger é buscar títulos de renda fixa indexados à inflação, como o Tesouro IPCA+.

Em momentos de hiperinflação, há uma tendência a buscar ativos reais, que são a riqueza material de uma sociedade, que é basicamente determinada pela capacidade produtiva de sua economia, isto é, pelos bens e serviços que são criados.

São ativos reais da economia: a terra, os imóveis, as máquinas etc. Tais ativos tendem a acompanhar a escalada de preços de uma economia atingida por taxas descontroladas de inflação. Não chegam a ser uma proteção perfeita contra a inflação, mas tendem a se mostrar mais seguros em períodos de desestabilização financeira.

É possível calcular a perda do valor do dinheiro?

Sim, há muitas formas, sempre utilizando as taxas de inflação. Uma regra muito utilizada para dimensionar a velocidade com que seu dinheiro perde valor é a chamada "regra 72". Segundo essa regra, se você dividir a taxa atual de inflação por 72, encontrará o número de anos em que os preços atuais terão dobrado de valor.

Então, fique de olho na meta de inflação. Se, por exemplo, ela for 4%, então divida 72 por 4. O resultado, 18 anos, é o tempo em que os preços terão dobrado.

Os índices de inflação medem o comportamento de preços praticados em determinadas regiões do país ou em determinados setores em períodos específicos. Os índices variam também na sua metodologia em relação ao mercado que pretendem acompanhar: se no atacado, no varejo ou no setor da construção civil, por exemplo.

Trata-se de um cálculo estatístico, que pode servir para corrigir o valor do dinheiro no tempo.

Os índices de preços ao consumidor podem variar pela faixa de renda, isso porque, para cada faixa de renda, a cesta de bens consumidos é diferente, assim como o peso de cada produto para cada uma dessas cestas.

No Brasil, os índices que possuem divulgação mais destacada nos meios de comunicação são o IPCA e o INPC, calculados pelo IBGE, o índice da Fipe e os IGPs da Fundação Getúlio Vargas.

Capítulo 6
Faça as pazes com a Receita Federal

Acredite, a Receita Federal pode ser uma grande aliada nessa jornada de construção de um patrimônio para a aposentadoria. Para tanto, é preciso que você conheça o seu perfil e os benefícios fiscais.

O primeiro passo é separar os recursos de longo prazo.

Parece óbvio, mas são muitos os investidores que não tomam o cuidado de identificar o que são investimentos de médio e longo prazos e com isso:

- perdem deduções no Imposto de Renda;
- perdem isenções fiscais;
- pagam alíquotas maiores de Imposto de Renda;
- deixam que a inflação destrua boa parte de seus recursos;
- não aproveitam oportunidades de mercado.

Daí a importância de fazer um exame cuidadoso para segregar o dinheiro que não será usado no curto prazo. O ganho com a economia de impostos não é desprezível.

Do ponto de vista fiscal:

Curto prazo é até dois anos.
Médio prazo, de dois a dez anos.
Longo prazo, acima de dez anos.

Benefício fiscal é a possibilidade de economizar impostos aproveitando alguns incentivos encontrados na legislação para estimular a poupança de longo prazo.

O governo criou incentivos tributários, visando o aumento da poupança interna. Nesse sentido, os investimentos para complementação da renda futura são francamente beneficiados com o diferimento do pagamento de imposto e até mesmo, em alguns casos, evitando-se a tributação.

Por exemplo:

- Transmissão de patrimônio via PGBL ou VGBL – os beneficiários indicados nesses planos receberão os recursos sem que tenham de constar no inventário e, por conseguinte, sem a tributação do imposto de transmissão;
- Plano em nome de filhos menores – nesse caso, os pais podem deduzir as aplicações da renda tributável (respeitando o limite de 12%) enquanto os filhos forem seus dependentes. É, por exemplo, um excelente meio para investir o dinheiro destinado ao pagamento da faculdade dos filhos. Como a tributação será de responsabilidade do filho e se dará por ocasião do resgate, é provável que a base

tributável não ultrapasse a faixa de isenção da tabela progressiva do imposto de renda da pessoa física, já que, nessa fase, o beneficiário ainda estará cursando a faculdade ou em início de carreira.

Planos de previdência

Os planos de previdência complementar do tipo PGBL e fundos de pensão são os veículos de investimento com um dos mais sedutores benefícios fiscais disponíveis no mercado brasileiro: a dedução de até 12% da renda tributável nas aplicações realizadas. Ou seja, os aportes de até 12% da renda tributável feitos ao longo do tempo para a construção do patrimônio futuro entram, na prática, como "despesas" dedutíveis no ajuste anual do Imposto de Renda.

Para usufruir corretamente desses benefícios, você precisa conhecer o seu perfil fiscal.

Quando faz um plano de previdência, você precisa tomar duas decisões logo na partida:

- optar entre um PGBL ou um VGBL;
- escolher a forma de tributação aplicada no momento do resgate da aplicação, se progressiva ou regressiva.

Dessas escolhas, resultará a economia fiscal possível de ser alcançada.

Pode ser que você conclua que, na verdade, precisará de uma carteira combinando diferentes tipos de planos com configurações fiscais diferentes.

Para decidir em que tipo de plano ou planos de previdência aplicar seus recursos, é preciso conhecer alguns conceitos tributários que serão expostos a seguir.

Todos os anos, você apresenta a sua declaração de imposto de renda da pessoa física à Receita Federal. Nela, estão contemplados os ganhos e as rendas auferidas durante o ano, assim como as despesas dedutíveis. Como resultado da declaração, você apura um valor de imposto a pagar ou uma restituição, ou seja, um ajuste entre o imposto devido e o imposto recolhido por antecipação durante o ano.

Na declaração, constam rendas e ganhos tributados pela tabela progressiva do imposto de renda (tributação progressiva) e outros tributados exclusivamente na fonte.

Tributação progressiva é a que é feita conforme a tabela progressiva do imposto de renda. A progressividade da tributação é uma forma de justiça fiscal, pois aqueles que apresentam uma base tributável maior estão sujeitos a alíquotas que vão aumentando progressivamente, partindo de uma faixa de isenção, passando pelas alíquotas de 7,5%, 15% e 22,5%, até chegar à alíquota máxima de 27,5%. Atenção, porque isso poderá mudar no futuro após a Reforma Tributária.

Na determinação da base tributável pela tabela progressiva, podem ser deduzidas despesas como as médicas e as com dependentes. É aqui também que pode ser feita a dedução de 12% da renda tributável nas aplicações em PGBL.

Já a tributação exclusiva na fonte é definitiva, ou seja, o imposto pago não pode ser compensado no ajuste anual.

São tributados exclusivamente na fonte o ganho de capital e algumas aplicações financeiras.

Ganho de capital – É o ganho obtido na alienação de bens ou direitos. Por exemplo, o ganho auferido na venda de um imóvel ou nas negociações com ações em bolsa de valores. A alíquota é de 15%.

Aplicações financeiras – são, basicamente, as aplicações em renda fixa feitas diretamente (compra de títulos do governo ou de certificados de depósito bancário – CDB, por exemplo) ou por meio de fundos de investimento.

A tributação na fonte das aplicações financeiras de renda fixa é feita com alíquotas que variam de acordo com o prazo da aplicação, o que a caracteriza como uma tributação regressiva.

Na tributação regressiva, quanto maior o prazo da aplicação, menor a alíquota.

PRAZO DA APLICAÇÃO	ALÍQUOTA
Até 2 anos	35%
De 2 a 4 anos	30%
De 4 a 6 anos	25%
De 6 a 8 anos	20%
De 8 a 10 anos	15%
Mais de 10 anos	10%

Para definir se deve comprar um PGBL ou VGBL, você precisa responder a uma outra pergunta:

Conseguirei usufruir do direito de descontar as aplicações que farei da minha renda tributável?

Se a resposta for sim, você deve optar por um PGBL.

Para saber, é necessário simular sua declaração de IR, utilizando o modelo completo, pois somente nesse modelo é possível deduzir o valor das aplicações no PGBL. Lembrando que o limite de dedução é de 12% da renda tributável anual.

Esse é o valor máximo de contribuição para o aproveitamento integral do benefício fiscal.

Perceba que, na prática, as aplicações entram como uma "despesa" dedutível da base tributável pelo IR. Mas tal dedução só será possível no modelo completo da declaração.

Por outro lado, se, após a simulação, ficar constatado que o melhor modelo de declaração é o simplificado, não haverá vantagem tributária na aplicação em um PGBL.

É muito comum que, ao negociar o plano, o vendedor simplesmente pergunte se você faz a declaração do IR pelo modelo simplificado ou completo para indicar um VGBL ou um PGBL. Essa é uma forma errada de decidir entre um ou outro plano. Não se pode se basear na declaração passada. Para chegar à decisão correta, é preciso fazer a simulação, incluindo o valor das contribuições para o plano, conforme explicado anteriormente.

Agora que você já sabe qual plano escolher, PGBL ou VGBL, é hora de decidir qual será a tributação usada na hora do resgate: tributação regressiva ou progressiva.

Atenção!

A tributação se dá no resgate, mas a escolha da forma de tributação tem de ser feita no momento da contratação do plano. Se a escolha não for expressa, ficará subentendido que a tributação regressiva foi a escolhida.

Outra observação importante. Quando se trata de plano de previdência, é preciso ter em mente duas fases distintas:

- **a fase de acumulação, em que são feitos os aportes no plano;**
- **a fase de resgate do benefício.**

Quando tratamos da escolha do plano, PGBL ou VGBL, foram levados em consideração os benefícios tributários da fase de acumulação. Ou seja, seria vantajosa a escolha de um PGBL para aqueles que, na fase de acumulação, pudessem deduzir as aplicações no plano da base tributável, o que só seria possível no modelo completo da declaração do IR.

Agora, passamos a tratar dos aspectos tributários da fase de resgate do benefício. Cuidado, porque o perfil de receitas e de despesas do participante do plano pode se alterar de uma fase para a outra e, na verdade, é muito provável que isso aconteça. A dificuldade está em projetar, no momento da contratação do plano, qual será seu perfil de receitas e despesas na fase de resgate dos benefícios, que deverá ocorrer num horizonte de 20 anos à frente.

Então, vamos retomar. Que forma de tributação escolher, progressiva ou regressiva?

Tributação progressiva

Ao escolher a tributação progressiva, você estará decidindo que os valores de resgate do benefício comporão a base tributável sobre a qual incidirá a tabela progressiva do IR.

Assim, quanto maior for o resgate mensal de seu plano, maior será a alíquota de IR. É a mesma lógica da tributação do seu salário.

Nesse modelo de tributação, não importa o prazo pelo qual os recursos estão investidos. Esse modelo de tributação é vantajoso para aqueles que têm muitas despesas dedutíveis do IR.

Veja, se você teme que, na fase de resgate, precisará de tratamentos de saúde dispendiosos – planos de saúde, exames, médicos, hospitais –, optar pela tributação progressiva seria o mais indicado.

Tributação regressiva

A tributação regressiva é feita exclusivamente na fonte. Sobre cada valor resgatado incidirá uma alíquota do IR na fonte, que dependerá do prazo da aplicação feita no plano de previdência. Quanto maior o prazo, menor a alíquota.

Os resgates serão feitos das aplicações mais antigas. E, consequentemente, as alíquotas mais favoráveis serão aplicadas.

Portanto, a alíquota, na tributação regressiva, começa em 35% para aplicações feitas até dois anos. Repare que um erro aqui pode causar um estrago fenomenal, pois dificilmente um rendimento será tão expressivo para compensar tamanha mordida.

Então, tenha em mente que esse tipo de tributação deve ser escolhida quando você tem certeza de que não vai precisar dos recursos no curto prazo.

Estas perguntas vão ajudar na escolha do tipo de tributação:

1. **Quando pretendo fazer o primeiro resgate?** A tributação regressiva é indicada para prazos maiores de resgates.
2. **Terei muitos gastos com planos de saúde, médicos, dependentes, enfim, despesas dedutíveis na declaração de ajuste anual do IR?** A tributação progressiva é a mais indicada para os que têm muitas despesas dedutíveis.

A alternativa de tributação regressiva ganha competitividade quanto maior for o benefício a receber e menor as despesas para abater.

Para saber qual é o seu caso:

1. **Simule qual será sua renda na aposentadoria: benefício + INSS + outros rendimentos tributáveis, como recebimento de aluguel.**
2. **Liste todas as despesas dedutíveis. Despesas com saúde em geral são as de maior impacto.**
3. **Veja em que faixa da tabela progressiva do IR você se enquadrará.**
4. **Compare a tributação progressiva com a regressiva.**

Os planos de previdência são uma excelente alternativa aos investimentos com tributação exclusiva na fonte.

Um exemplo clássico: você vive dos rendimentos de aplicações em CDBs, que têm tributação exclusiva na fonte. Nesse caso, você é tributado na fonte e não tem negociação.

Mas se você fizer essa aplicação por meio de um VGBL com tributação progressiva, poderá resgatar os rendimentos mensalmente, ainda que no curto prazo, e poderá compensar o imposto pago na declaração anual de IR. Se seus gastos com saúde são altos, as chances são grandes de você engordar sua restituição e receber de volta todo o imposto que pagou no resgate.

Mas imagine que você não tenha tantas despesas dedutíveis assim e que só precisará utilizar os rendimentos do plano num futuro distante, por exemplo, após dez anos. Compare: aplicando em CDB, será tributado a uma alíquota de 15%; se aplicar por meio de um VGBL com tributação regressiva, a alíquota será de 10% (para prazo acima de dez anos).

Como declarar meu Plano de Previdência no ajuste anual do Imposto de Renda?

Quem aplica em PGBL ou VGBL, deve prestar muita atenção na forma como declara esses investimentos no Imposto de Renda.

Fique atento a:

1 – PGBL/Fapi/Fundos de pensão/ Planos tradicionais

- **Contribuições efetuadas no ano base, inclusive em nome dos dependentes: dedução de até 12% dos rendimentos tributáveis.**
- **Condição: contribuição para a previdência social, inclusive do dependente maior de 16 anos.**
- **Atenção! o saldo não deve ser informado na declaração de bens. Você deve declarar o valor das aplicações feitas no ano na declaração de DESPESAS.**

2 – VGBL

- **A declaração do VGBL deve ser em bens e direitos, pois o VGBL é um ativo. Você deve declarar o valor das aplicações realizadas no ano. Mas apenas o valor total das aplicações, sem o rendimento no período.**

Em nenhum dos dois casos você declara o saldo e o rendimento da aplicação.

Nada mais desaconselhável do que fazer resgates altos nos planos de previdência de uma só vez. Esse é um terreno em que a calma e o planejamento fazem toda diferença entre o caminho que seu dinheiro irá percorrer, se para o seu bolso ou se para o caixa do governo.

Veja bem, não estamos sugerindo em nenhuma hipótese que você deixe de pagar o imposto devido. Mas atenção à última palavra: devido. Se a Receita lhe dá o benefício, por que não utilizar? Por isso, planeje seus resgates.

Se a tributação é regressiva, resgate as aplicações de maior prazo. Veja, se resgatar os recursos que estão aplicados há mais de dez anos, a alíquota que incidirá será de 10% apenas, seja qual for o valor sacado.

Já se a tributação do seu plano for progressiva, então não é o prazo que conta, mas o montante do resgate. Quanto menor o valor, menor será a tributação pela tabela progressiva do IR. Assim, divida o seu resgate em parcelas mensais que fiquem dentro das menores faixas de tributação da tabela do IR. E não se esqueça de usar as despesas dedutíveis no ajuste anual.

Na tributação progressiva, você receberá uma mordida de 15% de imposto de renda retido na fonte no momento do resgate. Mas, ao fazer a declaração anual do IR, você poderá compensar esses valores pagos antecipadamente e, quem sabe, receber uma restituição.

Já na tributação regressiva, o desconto a ser aplicado no resgate será a alíquota estabelecida, proporcional ao tempo da aplicação, e não será possível compensar o imposto pago na fonte na declaração de ajuste anual.

Capítulo 7
A previdência complementar

O que faltar para complementar o seu padrão de vida na aposentadoria é de sua responsabilidade. E, para isso, existe a previdência complementar. Ela é a parte da previdência que está no mercado e não no governo, ou seja, a previdência privada.

Quando pensar em previdência, você deve dividi-la em dois pilares: o público e o privado. A previdência oficial, como já sabe, está sob o manto do INSS no caso dos trabalhadores que estão sob o regime geral de previdência, ou seja, aqueles que não trabalham no setor público.

Já a previdência complementar está disponível no mercado, por meio dos planos de previdência vendidos por seguradoras (previdência aberta), ou por meio dos fundos de pensão (previdência fechada), ou ainda criando você mesmo uma carteira de investimentos, cuja meta será complementar seus rendimentos depois de aposentado.

A Previdência Complementar é um regime de previdência privada voluntário e está baseado na constituição de reservas que deverão ser utilizadas no futuro para complementar a sua aposentadoria oficial.

1. **Previdência Social: mantida pelo Governo Federal**

    - **regime de caixa;**
    - **compulsória;**
    - **teto para o benefício.**

2. **Previdência Complementar Fechada: oferecida pelas empresas ou associações de classe aos seus trabalhadores ou associados/vinculados, respectivamente**

    - **regime de capitalização;**
    - **voluntária;**
    - **valor do benefício é função das reservas e expectativa de vida.**

3. **Previdência Complementar Aberta: comercializada pelas instituições financeiras a qualquer pessoa física**

    - **regime de capitalização;**
    - **voluntária;**
    - **valor do benefício é função das reservas e expectativa de vida.**

Todo trabalhador com um salário acima do teto da previdência oficial precisa de uma previdência complementar.

Esse é o conceito que por anos valeu para a previdência privada ou previdência complementar que, como o próprio nome já diz, a função seria complementar sua renda na aposentadoria.

Saber então o quanto seria preciso guardar para a aposentadoria era uma matemática simples, bastava subtrair do seu salário o teto da previdência oficial e estava lá o resultado do quanto você deveria perseguir como meta para complementar sua renda. E sempre que recebia aumentos, ajustava essa conta.

Mas os tempos são outros. Os planos de previdência no Brasil cresceram e apareceram, e hoje servem para muitas finalidades, até mesmo complementar a sua renda! Essa é só mais uma atribuição que pode ser dada aos planos.

O benefício fiscal é a grande vantagem dessa forma de aplicação.

As carteiras destinadas à acumulação de capital para a aposentadoria desfrutam de benefícios fiscais que podem ajudar o seu patrimônio a crescer.

O pagamento de imposto é diferido, ou seja, adiado, porque você só irá pagar quando for resgatar a sua aplicação. E se fizer um planejamento fiscal, poderá reduzir bastante o custo tributário. Mas os planos de previdência têm ainda outros benefícios além dos fiscais:

Disciplina	**A rigor, nada obriga que você faça aportes todo mês, mas a enorme maioria dos planos vendidos tem essa configuração de aplicações mensais e, pode apostar, você vai encarar esse pagamento como uma prestação. Dessa forma, incluirá o pagamento da aposentadoria no seu orçamento doméstico, o que será de grande valia para a construção do seu patrimônio futuro.**

Gestor profissional	**Na prática, um plano de previdência é um fundo de investimento, onde um gestor profissional com um time de analistas cuidará das suas aplicações. É ele quem escolherá as melhores ações e/ou os melhores papéis de renda fixa para comprar para a sua carteira de investimento.**
Transmissão de patrimônio	**Os planos de previdência, em especial os VGBLs, são muito recomendados como instrumentos eficientes para a transmissão de patrimônio, porque geram uma economia tributária, evitam despesas de processos de inventário e ainda dão liquidez aos herdeiros, pois, em geral, o processo de liberação dos recursos leva menos de um mês. Note, contudo, que a legítima deve ser respeitada, ou seja, o quinhão por lei destinado a cada herdeiro.**
Blindagem contra dívidas	**Outra vantagem de deixar seus recursos para a aposentadoria num plano de previdência é que, dessa forma, eles ficam blindados em caso de processos de execução de dívidas por credores. No entanto, atenção: essa blindagem só é válida em caso específico de recursos destinados a complementação da aposentadoria. Se for configurado que as aplicações foram feitas apenas para escapar do processo de execução, a blindagem não é válida.**

Mas é preciso prestar atenção ao custo. Os planos de previdência vendidos em agências bancárias costumam ter taxas de administração e carregamento muito elevadas. Já foram maiores, mas ainda são altas, principalmente se comparadas aos planos fechados que estão cada vez mais disponíveis a um número maior de pessoas e não só aos trabalhadores de empresas que têm esse benefício.

O que é PGBL?

É o plano de previdência aberta, que conta com o benefício fiscal de 12%. O Plano Gerador de Benefícios Livre (PGBL) foi criado em novembro de 1997 e seguiu o modelo dos planos de previdência mais modernos utilizados em economias mais desenvolvidas, como nos Estados Unidos.

Trata-se de um plano bastante flexível, no qual você escolhe o volume e a periodicidade da contribuição. Mas o seu maior atrativo é poder deduzir as aplicações do IR a pagar no limite de 12% de sua renda tributável.

Não há também nenhuma penalidade, caso você interrompa as suas contribuições. Mas note que, embora não seja aplicada nenhuma penalidade a quem interrompa as contribuições aos planos de previdência, o valor do benefício que você receberá está diretamente relacionado ao total do patrimônio acumulado. Ou seja, se você reduzir o tempo ou valor de contribuições, isso será refletido no seu benefício futuro.

Na prática, funciona como um fundo de investimento, no qual você faz aplicações periódicas. Quanto mais disciplinado você conseguir ser e mais regulares forem suas contribuições, melhores serão os resultados.

O PGBL é um plano de contribuição definida (CD), em que não há garantia mínima de rentabilidade, mas a totalidade do retorno obtida com as aplicações financeiras realizadas com suas contribuições serve para incrementar seu patrimônio.

Desde que seja cumprida a carência de 60 dias, os resgates nos PGBLs também não sofrem nenhum tipo de penalidade (mas atenção à tributação que pode ser altíssima dependendo do prazo da aplicação).

O que é VGBL?

É outra opção de plano de previdência aberta para aqueles que não usam o benefício fiscal dos 12%. O Plano Vida Gerador de Benefício Livre (VGBL) é uma derivação do PGBL e começou a ser colocado no mercado em julho de 2001. Foi confeccionado nos mesmos moldes do PGBL, mas a diferença básica entre os dois planos está relacionada aos benefícios fiscais de cada um deles. Enquanto no PGBL você pode deduzir até 12% da sua renda tributável no ano, no VGBL, o investidor não conta com esse benefício.

No entanto, no VGBL, o investidor é tributado apenas sobre o ganho de suas aplicações financeiras na hora do resgate do plano.

Já no PGBL, a tributação é feita sobre todo o valor resgatado.

PGBL ou VGBL?

Para definir qual é o melhor plano, o vendedor perguntará se você faz a declaração de IR simplificada ou completa.

Esqueça. Esse não é o caminho mais eficiente. Inverta o processo. Simule primeiro a declaração de IR contabilizando as aplicações como despesa.

1. Veja o total da sua renda tributável.
2. Multiplique por 12% para saber quanto poderá deduzir como despesa na sua declaração.
3. Simule a declaração contabilizando todas as suas despesas dedutíveis, como saúde, dependentes etc. e acrescente o valor de 12% de sua renda tributável.
4. Veja o que o programa da Receita Federal irá sugerir, se ainda mostrará a simplificada como a melhor opção ou se agora indicará a completa.
5. Utilize a planilha para ajudar nas contas.

Se a nova análise indicar que o melhor é fazer um PGBL, pois conseguirá restituição no IR ou pagará menos imposto, não há nada a fazer que mude a situação do mesmo ano, mas você poderá planejar para ter uma maior eficiência tributária no ano seguinte.

- Nesse caso, a melhor forma de se planejar é:

   1. Divida a sua renda tributável pelo número de meses que faltam para terminar o ano.
   2. Invista esse valor mensalmente num PGBL (considerando todos os cuidados de custos).

Dessa forma, no próximo ano, quando fizer a declaração anual, você já poderá incluir as aplicações para usufruir do abatimento da sua renda tributável.

Uma alternativa é entregar ao departamento de Recursos Humanos da sua empresa o comprovante do depósito mensal para que o desconto do IR na fonte seja menor.

O que são BD, CD e CV?

São os tipos de financiamentos da previdência: benefício definido, contribuição definida e contribuição variável.

A Previdência é dividida em três partes: o Regime Geral de Previdência Social, os Regimes Próprios de Previdência dos Servidores Públicos e o Regime de Previdência Complementar.

No passado, era comum que esses três regimes fossem financiados por uma forma muito semelhante, cujo pilar era o regime de caixa. Hoje, apenas o Regime Geral de Previdência Social, o INSS, conserva essa modalidade. Os outros regimes estão migrando para a forma de financiamento via capitalização.

O aumento da expectativa de vida e a queda brutal na taxa de natalidade que vem ocorrendo em todo o mundo inviabilizam o financiamento da previdência pelo regime de caixa, que é o pilar tanto para o INSS como para os planos de previdência complementar com o modelo de benefício definido. Daí a necessidade de reformas no primeiro caso, como ocorreu no governo Bolsonaro.

Já na previdência complementar, o que vem ocorrendo desde o final dos anos 1990 é uma forte migração para os planos de contribuição definida.

Modelo	O que é	Qual o risco
Benefício Definido (BD)	Modelo pelo qual o participante conhece o valor do benefício já na partida. A entidade de previdência assume o compromisso de pagar os benefícios predefinidos e o participante arca com uma mensalidade determinada pela empresa durante alguns anos para ter direito ao benefício.	A empresa patrocinadora ou a seguradora que administra o plano pode ficar insolvente e os ativos não serem suficientes para honrar os benefícios definidos. Sua maior preocupação deve ser em relação à saúde financeira do patrocinador do fundo.
Contribuição Definida (CD)	Nesse caso, suas contribuições é que são definidas previamente. A entidade de previdência se compromete a administrar os recursos que você entrega a ela. A empresa passa então a ser responsável pela gestão financeira desse dinheiro e vai pagar a você o benefício durante sua aposentadoria com base na capitalização das contribuições.	O valor do seu benefício vai depender basicamente da capitalização de suas contribuições. Por isso, é importante acompanhar a gestão do fundo, para saber se os gestores estão conseguindo a melhor rentabilidade para os seus recursos.
Contribuição Variável (CV)	Combina as formas de contribuição definida durante a fase de acumulação de recursos e de benefício definido na fase de recebimento da pensão.	Um mix dos riscos embutidos nos planos CD e BD.

Quando for escolher a sua previdência complementar, você precisa avaliar: seu perfil fiscal, seu apetite para risco e o histórico da instituição gestora do plano.

Como em qualquer investimento, as carteiras dos planos de previdência podem variar de acordo com o risco das aplicações a que estão expostas.

Os planos de previdência complementar do tipo PGBL e VGBL podem ter carteiras 100% aplicadas em títulos de renda fixa do Tesouro Nacional (as mais conservadoras) ou dedicar uma parcela do patrimônio em aplicações em ações, imóveis e até mesmo no exterior.

Observe que é fundamental que você conheça qual o risco de investimento a que seu plano está exposto de forma a não ter prejuízos desnecessários. Algumas vezes, um retorno negativo do fundo em determinado período reflete a contabilidade do preço do ativo que ele tem em carteira (marcação a mercado), que oscila por conta de um momento de incertezas da economia, mas como não será necessário resgatar a aplicação, você pode esperar um momento mais favorável para que o preço se recupere.

Em outros casos, pode refletir de fato um ativo de baixa qualidade. Conhecer qual é o motivo das cotas negativas nos fundos faz a diferença entre realizar um prejuízo ou aproveitar uma oportunidade de baixa do mercado para fazer excelentes aplicações.

Quais os custos dos planos de previdência?

O custo de um plano de previdência é a soma da taxa de administração e da taxa de carregamento que você paga pelo plano.

A taxa de administração é um percentual cobrado sobre o patrimônio líquido do fundo e é, na prática, um pagamento que você faz ao gestor da carteira e a sua equipe pelo serviço que prestam.

Já a taxa de carregamento é aplicada sobre as contribuições que você faz ao plano e se refere a gastos que a empresa tem na comercialização do plano. Atenção a essa taxa. Muitos planos, hoje em dia, não a cobram mais.

Nos dois casos, as taxas podem ser extremamente altas quando você compra o plano diretamente na agência do banco sem o auxílio de um corretor ou sem fazer uma pesquisa antecipada. Sempre que for escolher um plano, faça como em qualquer outro produto: pesquise o preço.

Com a entrada dos fundos fechados nesse mercado, os custos tiveram um impacto da concorrência e cederam bastante se comparados ao passado.

Isso porque os fundos fechados são entidades de previdência que não visam lucro da empresa, mas exclusivamente o retorno dos associados. Assim, costumam ter taxas de administração extremamente baratas.

Aplicar num plano de previdência oferecido pela empresa em que você trabalha provavelmente tem um custo bem mais em conta do que se você comprasse individualmente. Os departamentos de RH das empresas costumam fazer boas negociações e excluir a taxa de carregamento.

Muitas empresas de previdência privada têm uma política de zerar a taxa de carregamento à medida que o prazo de sua aplicação for maior. Ou seja, elas premiam o investidor de longo prazo reduzindo o custo do plano.

O custo de um plano não é a única variável que você deve olhar na hora de comprar um plano, no entanto, ele tem um peso importante. Lembre-se: esse custo sai do patrimônio da sua aposentadoria e, no Brasil, ele ainda é muito alto. Plano com taxas elevadíssimas pode fazer a diferença entre você ter um ganho real (acima da inflação) ou não.

Quando investe num plano inadequado ao seu perfil de contribuinte, você já começa a perder dinheiro. Veja este exemplo: num PGBL, a tributação ocorre sobre o valor total do resgate, e isso porque, em tese, você usufruiu durante anos o benefício fiscal de ter descontado as aplicações do seu IR. Nesse caso, o risco é você ser tributado no resgate de uma forma mais pesada sem ter se beneficiado de pagar menos imposto nos anos anteriores.

Mas há outros riscos:

Risco de a empresa que vendeu o plano não honrar seus compromissos	**Esse não é um risco trivial, principalmente em aplicações de longo prazo. Portanto, não se descuide; na hora de comprar um plano, escolha empresas de tradição no mercado, com boa saúde financeira e um histórico exemplar no pagamento dos benefícios. Veja quem são os controladores e seus antecedentes no mercado. Sua atenção deve permanecer durante toda a vigência do plano e a qualquer sinal de problemas com a empresa, recorra a Susep, que é o órgão regulador e fiscalizador desse mercado.**

Risco de o gestor não entregar uma boa performance	Nesse caso, há risco de perdas com o investimento, ou de suas aplicações não conseguirem sequer acompanhar a inflação. Ou seja, os investimentos que deveriam ajudar a engordar seu patrimônio, na verdade, podem até mesmo corroer suas aplicações. Acompanhe a performance dele e compare sempre com a média do mercado. Se não estiver satisfeito, migre para outro plano.

Como saber quais são os investimentos que o gestor do plano está fazendo?

Tanto nos planos abertos como nos fechados, o gestor é obrigado a fornecer regularmente um extrato dos investimentos e/ou sempre que você pedir.

É importante conhecer a política de investimentos do fundo onde seus recursos estão depositados, principalmente para saber se você está confortável com o risco que está assumindo.

Ao analisar as informações, responda:

- **Qual parcela do fundo está em renda fixa? Há investimentos em ações?**
  Títulos de renda fixa costumam ser mais conservadores do que aplicações em ações. Note que nos fundos direcionados à previdência do tipo PGBL e VGBL a

legislação diz que não podem ter mais do que 49% da carteira direcionada ao mercado de ações.

- **Quais os papéis de renda fixa constam na carteira? São títulos públicos ou privados?**
Títulos públicos do Tesouro Nacional têm um risco menor do que os títulos privados, emitidos por empresas ou bancos. Note que essa pergunta basicamente apontará qual o risco de crédito da carteira, ou seja, o risco de o emissor do papel não honrar o pagamento do título no seu vencimento.

- **Qual o prazo dos títulos de renda fixa? São papéis pré ou pós-fixados?**
Aqui, basicamente, você identificará o chamado risco de mercado, ou seja, o risco de oscilação de preço dos papéis de renda fixa. Os títulos pós-fixados são os mais conservadores nesse tópico, pois acompanham as taxas diárias do mercado. Já os títulos prefixados embutem um risco maior, pois fixam uma taxa que não acompanhará o mercado, por exemplo, se a taxa básica da economia subir. No entanto, se a direção do mercado for contrária, ou seja, a taxa básica cair, esses títulos, por garantirem uma taxa maior, tendem a se valorizar.

- **Que ações fazem parte da carteira?**
Lembre-se, quando compra uma ação, você passa a ser sócio de uma empresa, mesmo que você tenha investido nesse mercado por meio de fundos. Assim, verifique na carteira de quais empresas você é sócio e

analise o quanto se sente confortável nessa posição. Quem são os controladores da empresa? Em qual setor que ela atua? O que os analistas estão prevendo para a empresa? São questões desse tipo que você deve checar.

Estou preparado para esses riscos?

Esse é o ponto de partida, saber se você suporta os solavancos do mercado quando eles aparecerem.

Até que ponto está preparado para perdas em busca de um retorno maior? Essa não é uma pergunta simples de ser respondida e vai exigir muita honestidade de sua parte.

É muito comum que em épocas de euforia de mercado os investidores se sintam mais dispostos a assumir riscos. Embalados por altas consecutivas, é difícil enxergar no horizonte nuvens que sinalizem raios e trovoadas para suas aplicações. Mas tenha certeza de que os momentos de euforia, assim como as crises, também passam, e quando o nervosismo se instala é fundamental que você esteja em aplicações que respeitem seu apetite para risco.

Outro ponto é o prazo da sua aplicação. Quanto mais distante estiver da sua aposentadoria ou do momento de resgatar os recursos, mais riscos poderá assumir, porque terá a tranquilidade para esperar os momentos de baixa passarem.

Por fim, ter feito o dever de casa, conhecendo a carteira, o gestor e os processos pelos quais passam as decisões de investimentos o deixará mais confortável em momentos de estresse de mercado, porque terá confiança de que seu patrimônio está nas mãos de bons profissionais.

Como as aplicações nos planos de previdência são contabilizadas?

Na verdade, trata-se na prática de aplicações em fundos de investimento e obedecem a regra dessas carteiras.

Esse é um aspecto muito relevante, porque a forma como os ativos da carteira do fundo é contabilizada dá mais transparência à gestão e espelha o risco a que a carteira está exposta.

Quando não contabiliza corretamente os ativos, ou seja, não registra o preço correto que o ativo vale em mercado (marcação a mercado como essa prática é conhecida pelo jargão do mercado), o administrador do fundo dá uma informação errada ao cotista, dizendo que ele tem um valor maior do que ele tem na verdade.

Veja, portanto, como é feita a política de precificação de ativos no regulamento dos fundos.

Basicamente, as ações devem ser contabilizadas pelo valor médio de sua cotação diária em bolsa. Já os títulos de renda fixa devem ser contabilizados pelo preço que são negociados no mercado e não pelos juros que prometem pagar. Isso porque, se o gestor precisar vender esses títulos antecipadamente, poderá realizar um ganho (se eles estiverem sendo negociados a um valor maior daquele que foi comprado) ou uma perda, e o cotista precisa saber disso.

Atenção!

Desconfie de cotas de fundos que não oscilam. A baixa oscilação espelha um risco menor da carteira, mas também pode ser uma sinalização de que o administrador não está precificando corretamente os ativos.

Crises financeiras podem destruir minha aposentadoria?

Sim, mas também podem ser excelentes oportunidades para engordar muito a sua carteira de investimento.

Para aqueles que não têm urgência dos recursos, ou seja, podem esperar o melhor momento para resgatar as suas aplicações, as crises podem, sim, ser excelentes oportunidades de engordar fortemente o seu patrimônio.

Isso porque em momentos de incerteza na economia, que embalam as crises financeiras, bons ativos podem ser comprados a preços muito baixos e isso ocorre em praticamente todos os mercados. Acontece com ações, com imóveis e até mesmo com títulos de renda fixa.

O problema é que, em meio a uma crise, nunca se sabe ao certo em quanto tempo esses ativos retornarão ao preço justo. E é aqui que mora o risco: você precisar vendê-los antes de terem se valorizado novamente.

Quem garante os planos de previdência?

Ninguém garante, daí a importância de se manter vigilante e fazer um dever de casa antes de comprar o plano.

Diferentemente do passado, o mercado brasileiro atual tem mais transparência e mais controle por parte dos órgãos reguladores, o que dá uma maior segurança e credibilidade às empresas que atuam nesse setor.

No entanto, você deve acompanhar regularmente as notícias sobre a empresa seguradora escolhida para gerenciar o seu plano de previdência. A legislação tem uma série de exigências que visam garantir a solvência dessas empresas, mas você também deverá fazer o seu trabalho de acompanhamento e notificar a Superintendência de Seguros Privados (Susep) sempre que se sentir desconfortável com alguma informação.

Essas empresas publicam informações semestrais e anuais sobre suas atividades e seus resultados, que podem ser obtidas na própria seguradora ou na Susep.

Os planos de previdência complementar só servem para a aposentadoria?

Não, eles são indicados para investimentos de longo prazo.

Como explicado anteriormente, os benefícios fiscais embutidos nos planos de previdência são ingredientes valiosíssimos para as suas aplicações de longo prazo. Assim, mesmo que seu investimento não seja para complementação de renda na aposentadoria, sirva-se dos planos de previdência como veículos de investimento sem a menor cerimônia. Alguns exemplos em que esses planos podem ser muito eficientes:

- **Montar o próprio negócio**
  Muitos brasileiros já estão utilizando os planos de previdência com essa finalidade. Enquanto trabalham, reservam algumas economias para financiar no futuro o sonho de ter a própria empresa. Nesse caso, paralelamente ao acúmulo dos recursos, eles também constroem o plano de negócios da futura empresa, pesquisando mercado e acertando as linhas mestras para colocar a empresa de pé mesmo antes da aposentadoria.

- **Faculdade dos filhos**
Essa é outra utilização nobre para esses planos, pois gera uma eficiência fiscal tremenda. É possível abater as aplicações do plano no período de acumulação do patrimônio e no momento do resgate, e como seu filho provavelmente estará na faixa de isenção do imposto, não será tributado.

- **Transmissão de patrimônio**
Outro caminho eficiente para o planejamento fiscal, além de deixá-lo no controle do seu patrimônio, mesmo depois de ter feito a partilha dos recursos. Os herdeiros receberão os recursos sob forma de seguro de vida e, por isso, não serão tributados. Além disso, você estabelece quem receberá (sempre respeitando os quinhões de cada herdeiro estabelecido por lei) e a forma como serão feitos os pagamentos.

Os erros mais comuns ao se comprar um plano de previdência estão relacionados *à tributação:*

Não usar a totalidade do benefício fiscal	**Ainda há contadores que acham que só é possível abater de um plano, mas na verdade você pode abater até 12% de sua renda, não importa que as aplicações estejam distribuídas em diversos planos.**
Não incluir o benefício dos dependentes	**Ter planos para dependentes e não utilizar o benefício fiscal na sua própria declaração de IR.**

Resgatar e não migrar	Muitas vezes, insatisfeito com a performance do plano, o investidor resgata os recursos e faz aportes em outro plano. Nesse caso, será tributado, muitas vezes, com custo altíssimo. O correto é usar a portabilidade, que é o direito que você tem de trocar de gestor sempre que quiser, sem precisar pagar o imposto na movimentação.
Declaração de IR	Lançar na declaração VGBL como PGBL – só o PGBL tem o benefício fiscal de abater as aplicações da sua renda tributável e a Receita Federal já está de olho nas declarações com erros.
Economia de impostos	Não utilizar o VGBL como instrumento para transferência de patrimônio.
Tributação incorreta	Não escolher a tributação correta para resgate – a progressiva serve, por exemplo, para quem tem muitas despesas para abater; e a regressiva; para quem só pensa em resgatar acima de seis anos.

Capítulo 8
Os fundos de pensão

Fundos de pensão são entidades fechadas de previdência privada, uma alternativa para a complementação da sua aposentadoria.

Ao contrário da Previdência Social, que é obrigatória para todo trabalhador que está no mercado formal, as entidades fechadas de previdência são organizadas por uma empresa ou grupos de empresas, e dirigidas aos empregados que desejam se inscrever nelas, em caráter facultativo.

Os fundos de pensão realizam investimentos com a finalidade de garantir a seus participantes o pagamento de benefícios complementares aos da previdência oficial.

As entidades fechadas não têm fins lucrativos, são proibidas de distribuir os lucros de suas aplicações, e esse é um ponto que você deve prestar muita atenção, porque faz com que essa alternativa de previdência complementar seja muito competitiva. Elas possuem também autonomia administrativa e financeira e formam reservas técnicas a partir de um processo ininterrupto de investimentos das contribuições mensais dos participantes e das empresas patrocinadoras, visando o pagamento de benefícios aos seus participantes, conforme contrato previamente assinado.

As contribuições formam um fundo, e seu patrimônio é aplicado em imóveis, ações e renda fixa, dentro dos limites estabelecidos pelo Conselho Monetário Nacional (CMN).

Até recentemente, os fundos de pensão estavam disponíveis apenas para trabalhadores de empresas que oferecessem esse tipo de benefício. A empresa é a chamada patrocinadora do fundo e, em geral, também faz contribuições em nome de seus funcionários.

Embora esse modelo seja ainda a linha mestra da previdência fechada, ele começa a sofrer ajustes que permitem que familiares de trabalhadores dessas empresas também possam utilizar o mesmo veículo para acumular reservas para a aposentadoria.

Atenção!

Os riscos atuariais (quando os participantes e aposentados vivem mais do que a expectativa de vida utilizada na apuração das obrigações do fundo, por exemplo) e os riscos financeiros (perdas em aplicações) são divididos entre o patrocinador, participantes e aposentados. Na prática, o que ocorre é que, quando há superávit, ou seja, o patrimônio supera as obrigações do fundo, é possível aumentar o valor do benefício e pagar as contribuições futuras. No entanto, no caso de déficit, tanto o patrocinador, quanto os participantes e aposentados deverão realizar contribuições adicionais na proporção contributiva até que o déficit seja eliminado. Por isso a importância de acompanhar de perto a gestão do plano.

O responsável pela estratégia dos investimentos definida pelo fundo é o gestor.

Note que o gestor não é a empresa patrocinadora do fundo, ou seja, a empresa na qual você trabalha e que patrocina os benefícios aos seus empregados.

O gestor é um profissional ou uma equipe de técnicos contratados pelo fundo de pensão para gerir o patrimônio do fundo, a fim de que esse cresça ao longo do tempo e seja suficiente para pagar a aposentadoria dos participantes (você e seus colegas de trabalho). Esse gestor, ou essa equipe de gestores, pode ser interno ou terceirizado ou uma combinação dos dois modelos.

As decisões relativas aos mercados em que se vai investir podem ser tomadas isoladamente pelo gestor ou passar por um conselho que aprovará ou rejeitará as opções de investimentos indicadas pelo gestor.

Esse é um aspecto muito importante: você deve acompanhar periodicamente os investimentos que estão sendo realizados com o seu dinheiro. Só o sucesso dessas aplicações garantirá que você tenha a complementação de sua renda depois de aposentado. Portanto, fiscalize sempre.

Para acompanhar e fiscalizar os investimentos que estão sendo feitos no fundo de pensão, são necessários alguns cuidados.

1. Conheça primeiro a PREVIC, que pode ser uma grande aliada nesta empreitada. A Superintendência Nacional de Previdência Complementar (PREVIC), entidade vinculada ao Ministério da Previdência, é a responsável pela fiscalização e supervisão das entidades fechadas de previdência (os fundos de pensão).

É a PREVIC quem zela pelo cumprimento das metas estabelecidas pelo fundo de pensão. Os técnicos da PREVIC querem, principalmente, certificar-se de que as aplicações feitas pelos gestores estão de acordo com as normas estabelecidas pelo Conselho Monetário Nacionl (CMN) e seguem as melhores práticas em investimento.

Eles também avaliam a solvência do fundo e, se enxergam motivos para duvidar dessa solvência, podem optar pela intervenção no fundo.

Para os fundos que não se mostrarem capazes de cumprir com as suas obrigações futuras, os técnicos da PREVIC em geral solicitam recursos complementares da patrocinadora, dos próprios participantes e aposentados para cobrir o déficit atuarial. Na prática, isso significa que o participante deverá aumentar suas contribuições ao fundo ou verá seu benefício reduzido no futuro.

Procure a PREVIC sempre que desconfiar dos investimentos que constam na carteira do fundo. Os gestores são obrigados a lhe prestar essa informação periodicamente e, caso se neguem, você também deve comunicar à PREVIC.

2. Acompanhar o desempenho não significa ficar pulando de uma carteira para outra a cada oscilação da rentabilidade do fundo. Oscilações são normais em carteiras de longo prazo e fique atento aos fundos que não apresentam essas oscilações. Os ativos da carteira podem estar sendo contabilizados erroneamente.

No entanto, é importante saber do seu gestor de onde veio a queda e também a alta das suas aplicações. Algum investimento específico que provocou a queda ou a alta? Ou foi a conjuntura dos mercados? Você precisa saber e o seu gestor é obrigado por lei a explicar.

3. Compare. Mas compare corretamente. Compare laranja com laranja, banana com banana. Ocorre com uma certa frequência de participantes ficarem incomodados por ver suas aplicações no fundo de pensão rendendo menos do que outros produtos do mercado, em especial fundos multimercados. Cuidado. Você pode estar comparando coisas incomparáveis, ou seja, o fundo pode estar exposto a riscos maiores para os quais você pode não estar preparado.

Déficit atuarial

O termo é utilizado quando os ativos financeiros que formam o patrimônio do fundo são incapazes de garantir o pagamento dos benefícios dos participantes.

A maior vantagem para participar de um fundo de pensão é que, em geral, a empresa patrocinadora também faz contribuições para a sua aposentadoria e, claro, o tratamento tributário.

O participante de um fundo de pensão pode deduzir até 12% de sua renda tributável. Já a empresa que decidir contribuir em favor de seu funcionário pode descontar até 20% da folha de pagamento bruta anual.

Outra vantagem desse modelo é que, na maior parte das vezes, a empresa em que você trabalha também irá colaborar para a formação do capital que servirá de renda no futuro.

A contribuição patronal costuma ser, em grande parte dos casos, paritária. Ou seja, para cada real investido pelo trabalhador, o patrão faz um aporte igual. Na prática, então, você tem na partida um ganho de 100% de suas aplicações.

A adesão aos fundos de pensão não é compulsória, mas os especialistas são unânimes em eleger esse veículo como um dos caminhos mais eficientes para levar seu dinheiro para o futuro.

Mais um ponto a favor: mesmo quando a gestão do fundo é terceirizada, você tem acesso a fundos com taxas de administração inferiores às que teria de pagar caso investisse por meio de fundos de ações ou de renda fixa ou de planos abertos de previdência privada.

Enfim, você passa a fazer parte de um grupo que tem o mesmo objetivo de investimento, realiza contribuições regulares e sinaliza um horizonte de longo prazo para as aplicações. Juntos, esses ingredientes podem render bons frutos no processo de acumulação de capital para a sua aposentadoria.

Para o investidor menos disciplinado, então, as vantagens aumentam. Isso porque a contribuição que faz mensalmente para o fundo de pensão já é descontada todo mês do salário. Ou seja, o dinheiro é aplicado antes de chegar às mãos do trabalhador.

O rendimento das aplicações financeiras realizadas pelos gestores desses fundos também está livre do Imposto de Renda. Dessa forma, há um ganho potencial maior de suas aplicações em relação a fundos de renda fixa que não são destinados à aposentadoria, nos quais os ganhos são tributados periodicamente.

Quais as desvantagens dessa forma de previdência?

É um investimento de baixa liquidez.

Esse não é um problema grave, desde que você observe que suas contribuições para um fundo de pensão se destinam necessariamente para os seus anos de aposentadoria – pois essa não é uma aplicação da qual se pode dispor a qualquer momento. Só é possível resgatar os recursos do fundo com antecedência quando você se desliga ou é demitido da empresa em que trabalha, a patrocinadora do fundo.

Nesse caso, existe a opção de resgatar ou de transferir seus recursos para outro fundo de previdência privada.

Note que, se você optar pelo resgate, será tributado, mas se escolher manter a aplicação em outro fundo de previdência, continuará a contar com o benefício fiscal.

Outro ponto a considerar, em especial no que diz respeito aos fundos de pensão que ainda trabalham com planos de benefício definido: há o risco de insolvência do plano e isso será pago por você. Por isso, é preciso ficar atento às informações periódicas do fundo.

O que fazer quando desconfio de um investimento que consta na carteira do fundo?

Avise à PREVIC e à empresa patrocinadora.

A PREVIC é a responsável pela fiscalização e supervisão desse mercado e tem de ser avisada se algo estiver errado. Se todos os participantes cuidarem de também fiscalizar os seus planos, os olhos dessa entidade se multiplicam pelo mercado, que passa a contar com a ajuda valiosa de todos aqueles que têm seus recursos aplicados nos fundos de pensão.

Portanto, sempre que algum investimento que constar na carteira do fundo o incomodar, seja porque você não o compreende, seja porque o emissor do título ou a ação da empresa parecem de muito risco, questione a sua entidade. Não tenha medo ou vergonha de perguntar quantas vezes forem necessárias até que se sinta confortável com a resposta.

Se a resposta não o convencer ou, pior, se não houver resposta, comunique à PREVIC.

Qual a minha garantia de que o fundo não irá quebrar?

Nenhuma. Por isso é tão importante acompanhar o índice de solvência do fundo.

Tudo sairá como combinado se, ao longo desses muitos anos de acumulação dos recursos, a solvência do fundo estiver preservada.

Para fazer esse acompanhamento, tenha sempre em mira o parâmetro mais sensível, o chamado índice de solvência, que mostrará se há recursos suficientes para cumprir as obrigações do fundo. É a medida que mostra se o fundo de pensão será capaz de pagar os benefícios prometidos aos participantes.

O índice ou razão de solvência é a relação entre o valor total do ativo e do passivo do fundo de pensão. É esse índice que pontua a saúde financeira do fundo, ou seja, indica se os ativos são suficientes para fazer frente aos passivos.

O ativo é o conjunto de investimentos contabilizados na carteira, enquanto o passivo é constituído pelas obrigações atuais e futuras do fundo. Os principais itens do passivo são os benefícios concedidos (que já estão sendo pagos) e os a conceder (programados para o futuro) trazidos a valor presente.

A razão de solvência é determinada pelo quociente entre ativo e passivo do fundo. Quando o quociente é maior do que 1, significa que a situação financeira do fundo é confortável. Caso contrário, um sinal de alerta deve acender. Para os especialistas, qualquer valor abaixo de 0,75 é considerado altamente preocupante.

Fique sempre de olho no índice de solvência do fundo. Essa é uma informação que você poderá obter sempre que o fundo publicar o balanço de suas demonstrações financeiras.

É extremamente importante também que você acompanhe a precificação dos ativos que estão na carteira. Parece difícil? Nem tanto.

Esse jargão do mundo financeiro significa saber quanto custa cada bem, ou seja, título, ação, imóvel, enfim, todos os investimentos que constam na carteira e que devem ser contabilizados pelo seu real valor, o preço que estão sendo negociados no mercado efetivamente.

Relatórios

Não parece ser a mais divertida das leituras, e não é de fato. Mas é fundamental que você leia sempre o Relatório Anual do seu plano. É lá que você encontrará as informações que permitem análise clara e precisa da situação patrimonial, da estratégia e dos resultados de investimentos, das despesas administrativas e da situação atuarial do plano de benefícios. São grandes as chances de você encontrar termos que desconhece. Nesse caso, não hesite em procurar a entidade que administra seu plano ou o RH de sua empresa para que sejam esclarecidas todas as dúvidas que ficaram ao ler o relatório.

É hora de se reinventar: os desafios dos fundos de pensão

Nos últimos anos, o ambiente de atuação e o público ao qual se destinam os fundos de pensão vêm passando por profundas e rápidas transformações. Os fundos de pensão, por sua vez, estão tentando acompanhar essas transformações, mas ainda mostram uma intensidade de adaptação aquém do necessário. Esse cenário é verificado em muitos países, com diferentes níveis de defasagem. No Brasil, estamos provavelmente na liderança dessa inadequação, dada a velocidade com que a pirâmide etária vem se invertendo e o mercado de trabalho vem se tornando mais volátil.

O rápido envelhecimento da população desafia a sustentabilidade de planos de previdência com benefício definido (BD) e renda vitalícia, em um contexto de mercado com menor taxa de juros real estrutural, exigindo maior nível de risco. Essa combinação leva à maior probabilidade de ocorrência de déficits atuariais, que oneram patrocinadoras e participantes. Para mitigar esse risco, as patrocinadoras têm fechado esses planos de benefício definido para novos participantes, oferecido apenas novos planos de contribuição definida (CD) e promovido a migração voluntária dos participantes existentes nos planos BD para planos CD. Com isso, a proporção de planos CD na massa de recursos geridos pelas entidades fechadas de previdência complementar vem crescendo rapidamente.

Por outro lado, os trabalhadores mais jovens já não valorizam a estabilidade no emprego. E muitos, por falta de conhecimento e de educação financeira, ignoram a necessidade de poupar via um plano de previdência, mesmo quando o empregador contribui com um valor igual ao seu para a formação do patrimônio.

Nesse cenário, acumulam-se, para os fundos de pensão, os desafios de ampliar a base de planos de contribuição definida e oxigenar o seu público, fomentando a adesão de participantes mais jovens – e até aumentando a sua base de participantes, por meio dos planos-família, que permitem que parentes dos participantes também tenham acesso a um plano de previdência gerido pela mesma entidade.

Esse processo de ampliação dos planos de contribuição definida embute o aumento da concorrência com o mercado. O participante já não tem nesse caso a certeza do mutualismo e da renda vitalícia (e apenas percebe a fragilidade dessa certeza quando são exigidas contribuições extraordinárias para os planos de equacionamento de déficit), mas sua renda agora depende da rentabilidade da sua reserva pessoal. Assim, ele passa a comparar a performance do seu plano com a dos fundos de investimento do mercado. Em outras palavras, passa a ser um cliente muito mais atento e exigente. E, dependendo das condições previstas no regulamento do seu plano, tem maior propensão a exercer portabilidade para planos de previdência aberta ou fundos de mercado. Daí a necessidade de estruturar um trabalho de retenção, com pessoal técnico preparado para ativamente demonstrar as vantagens de permanecer na instituição. Percebemos essa necessidade na prática na

Vivest e temos tido sucesso na retenção de boa parte dos pedidos de portabilidade, uma vez que muitas vezes essas decisões são tomadas com carência de informações adequadas. Mas isso exige preparação e dedicação.

A reboque da maior exigência e comparação por parte dos participantes, vem a necessidade de muita comunicação – rápida, direta, sob medida. É preciso dar ao participante não apenas novas formas de acessar informação, mas também abastecê-lo com conteúdo relevante sobre a performance passada dos investimentos, a tendência para os meses posteriores, comparativos com *benchmarks* de mercado e outras tantas informações.

E mais: como muitos participantes estavam acostumados com a renda vitalícia e migraram para os planos CD, é necessário um amplo trabalho das entidades de previdência na conscientização dos participantes sobre a importância de acompanhar o comportamento da sua reserva, ajustando a renda nos períodos de revisão, caso seja necessário, a fim de não consumir a reserva rapidamente. E nesse processo de aculturamento as palavras-chave são informação e apoio. Com campanhas e consultoria personalizada, temos conseguido importantes avanços nessa nova realidade.

Com relação à necessidade de atração do público mais jovem, não basta o esforço de mostrar a importância da formação de poupança para o futuro, a vantagem tão evidente da contribuição patronal para complementar a formação do patrimônio ou mesmo a possibilidade de abatimento no Imposto de Renda. É preciso criar produtos mais adequados ao perfil desse público, por exemplo com possibilidade de monetização em prazos mais curtos. Os planos instituídos por fundos de pensão fechados sem objetivo de lucro e sem patrocínio, permitem essa flexibilidade, com rentabilidade atraente, dada a taxa de administração bem menor que a dos planos de previdência aberta.

Nesse sentido, criamos um plano instituído destinado principalmente aos familiares dos nossos participantes que vem cumprindo esse papel, o que vem ocorrendo também em outras entidades fechadas. Mas existe uma possibilidade de abrangência muito maior: a criação de planos instituídos setoriais, que podem ser oferecidos a empregados dos parceiros de negócio das entidades fechadas de previdência complementar, com grande potencial de crescimento no longo prazo. Nesse caso, entre tantos desafios enfrentados pela entidade instituidora, estão a necessidade de se adaptar ao mercado de varejo e à comercialização, transpondo a falta de educação financeira da população.

Os fundos de pensão por décadas se relacionaram apenas com empresas patrocinadoras e o público cativo, oriundo dessas instituições. A comercialização num fundo de previdência instituído requer a estruturação de uma equipe de vendas, treinada para falar com o cliente. Aliás, é importante que toda a entidade de previdência passe por uma renovação cultural, com o objetivo de fortalecer a visão de cliente, em contraposição à visão de processos e produto, voltada para dentro, ainda hoje predominante. E mudança cultural, como se sabe, demora e é difícil.

Mas, de pouco vale todo esse esforço para buscar um público mais jovem que oxigene o perfil etário dos planos se não houver maior ampliação e enraizamento da educação financeira na população. O brasileiro é muito carente dessa base de conhecimento, mas é bombardeado por notícias e comentários nem sempre responsáveis e muitas vezes investe sem informação adequada, importando modas do exterior, com muito pouco filtro. Há ainda uma perigosa tendência à autossuficiência (semelhante à automedicação) nas decisões de investimento, desprezando a busca por informação e apoio profissionais.

Nesse campo, também temos dado uma pequena contribuição, investindo regularmente em programas de educação financeira. E o importante é que não há um único caminho. É fundamental lançar mão dos mais diversos formatos e canais a fim de atingir a maior base possível de participantes – desde vídeos de entrevistas com experientes profissionais da entidade, passando por palestras, cartilhas, até dicas curtas e visuais nas redes sociais. Um mix de opções, mas sempre com uma diretriz importante: tratar os assuntos técnicos com rigor, mas com o maior grau possível de objetividade e leveza. A comunicação eficaz depende de repetição para sedimentar a informação. Por isso, optamos por perenizar essa iniciativa, mas tentando inovar os formatos e utilizar vários meios de acesso aos participantes – e, se possível, chegar também ao público fora de nossa base, num compromisso com a sociedade, pois acreditamos que bem-estar e futuro seguro passam necessariamente pela educação financeira e pela previdência.

WALTER MENDES
Presidente da Vivest – www.vivest.com.br

Capítulo 9
Um plano de saúde para chamar de seu

As formas clássicas de renda para a aposentadoria ainda hoje não consideram o plano de saúde. No entanto, este é um item importantíssimo quando você estiver planejando sua aposentadoria. Um plano de saúde que lhe dê a segurança de ser tratado em bons hospitais, com bons médicos, custa muito caro. Daí a importância de fazer um gerenciamento do risco de saúde.

Não há planejamento único, e talvez você precise montar um mosaico de soluções para conseguir ter uma cobertura de saúde por toda a sua vida.

Além de financiar o próprio plano, não é raro encontrar aposentados custeando planos de filhos e netos. Então, mesmo que você possa pagar agora ou nos próximos dois ou três anos, é bastante provável que não conseguirá ir adiante no médio e, principalmente, longo prazo.

Por isso, é urgente realizar uma gestão de risco de saúde, que inclui seguro de doenças graves (DG), planos de previdência e escolha de local de moradia na maturidade, dando preferência a locais onde a saúde pública é de alto nível (sim, eles existem até mesmo no Brasil) e a saúde complementar tenha custos mais acessíveis.

Custear a saúde não é um problema específico dos brasileiros, tanto que há um movimento global de aposentados se mudando para países em que a saúde pública seja de boa qualidade.

No Brasil, o preço de um plano que inclua os hospitais de primeira linha pode ultrapassar os 5 mil reais. A despesa para um casal poderá chegar a mais de 10 mil. Logo, a renda que você precisará ter para conseguir pagar esse plano será de, no mínimo, duas vezes mais o valor dele. Ou seja, certamente, vai ficar difícil mantê-lo No mínimo, duas vezes mais. Ou seja, vai ficar difícil manter esse plano. O mais provável é que você não conseguirá manter o mesmo padrão de plano de saúde, mas poderá fazer um gerenciamento dessa conta. Buscar um plano que tenha bons hospitais, mas que não sejam necessariamente os de primeira linha, poderá baratear o preço do plano.

Mudar de cidade ou, até mesmo, de país é outra opção. Se morar em Portugal, e alguns brasileiros já estão fazendo isso, o custo do seguro saúde pode cair para 100 euros mensais, ou até menos, para um aposentado de 60 anos.

No Brasil, se você se aposenta e contribuiu com uma parcela fixa paga mensalmente no custeio do plano de saúde da empresa em que trabalhou, tem direito a ficar no plano, mesmo depois de aposentado, na proporção do tempo que pagou. Se pagou mais de dez anos, o direito é vitalício. Mas, nesse caso, é você quem assume o custo da parte que era paga pela empresa.

Enfim, esse será o principal item de suas despesas depois de aposentado. O custo de saúde, tanto de planos como de medicamentos, cresce na mesma proporção dos avanços da Medicina. Remédios, exames e os mais diversos procedimentos têm hoje tecnologia de ponta, mas custam caro. Muito caro. Por isso, atenção!

São vários os equívocos quando o assunto é plano de saúde na aposentadoria. Muitos ainda acreditam que poderão permanecer com o plano dado pela empresa depois de aposentado. Não é bem assim, por isso vale a pena procurar saber com muita antecedência qual será o seu caso para começar a montar uma estratégia de como financiar esses custos depois de aposentado.

Planos de previdência fazem bem para a saúde

Um VGBL com tributação progressiva, aquela que segue a tabela do Imposto de Renda e com a qual você poderá abater as despesas com plano de saúde, é um santo remédio para que seu patrimônio e suas aplicações sobrevivam a custos de um tratamento inesperado, por exemplo. Dessa aplicação, virá os recursos para pagar seu plano de saúde depois de aposentado, quando a empresa não arcar mais com esse custo.

Então, mesmo que você não precise pagar um plano de saúde hoje, comece a pagar já o plano de saúde que você usará no futuro com essa aplicação. Sairá mais barato e mais seguro. Pode apostar!

E aqui não estamos falando de aposentadoria. Para aposentadoria, você também vai usar um plano de previdência, mas precisa observar primeiro seu perfil fiscal para escolher o modelo que melhor se encaixa às suas necessidades, como já falamos nos capítulos anteriores.

Doenças graves

Outra providência que ajudará bastante seu orçamento hoje e no futuro é contratar um seguro DG (Doenças Graves) que custa bem menos que um plano de saúde. Ele possibilita que você administre melhor seu plano de saúde e que possa escolher planos mais em conta, com uma rede sem os hospitais de primeira linha e de preços melhores porque, em caso de alguma intercorrência grave, esse seguro cobrirá os custos no valor de cobertura que consta na apólice e você escolherá os hospitais que quiser. Enfim, dada a escalada de preços nos planos de saúde, uma gestão de risco é necessária para que seu orçamento não naufrague no mar das despesas médicas e hospitalares.

Fazer um *checkup* de seu orçamento periodicamente é desejável e necessário. Assim como investimentos, o orçamento é único. Ele é o começo de tudo. Sem um orçamento, as despesas, os investimentos, as dívidas, ficam no campo das ideias e costumam dar problemas.

É no orçamento que começam os investimentos e o planejamento financeiro que vai apontar onde viver e trabalhar, por exemplo.

No Brasil, um dos principais itens nas contas pessoais e, arrisco a dizer, o mais pesado, já é o plano de saúde, e seu peso pode triplicar na aposentadoria.

Já em outros países, ele pode pesar mais ou menos.

Por exemplo, a Costa Rica tem um custo de saúde muito baixo e serviços públicos de boa qualidade, razão pela qual tem levado muitos estrangeiros a fixar residência na América Central.

Porém, é sempre bom lembrar: o maior investimento na sua saúde é prevenção e hábitos que vão contribuir para reduzir muito seus custos com saúde. Além disso, o que é ainda mais importante, vai melhorar sua qualidade de vida.

Quais são os principais riscos?

Sedentarismo, tabagismo e depressão vão drenar sua saúde e finanças durante toda a sua vida, mas na aposentadoria o impacto é ainda mais terrível.

Sempre disse que o maior inimigo no investimento para a aposentadoria era a inflação. De fato, é, mas maior do que o impacto da taxa de inflação no longo prazo é a destruição causada pelo fumo no seu bem-estar. Uma ampla pesquisa feita por três órgãos americanos, com pessoas a partir de 50 anos, investiga a vida depois da aposentadoria.

Os pesquisadores analisam aspectos como saúde, finanças, relacionamentos etc. Um ponto que chama atenção na pesquisa é o impacto do fumo na saúde e principalmente a falta de informação dos fumantes. Os males causados pelo tabagismo levarão você a gastar mais com saúde e ter menos chance de continuar trabalhando em atividades de meio período para complementar sua aposentadoria.

A imprensa costuma cobrir o tema saúde com uma certa regularidade, principalmente com foco em prevenção. Há alguns anos, uma matéria de capa da revista americana *SmartMoney* (que foi incorporada pelo site *MarketWatch*) tratou de longevidade e saúde e fez uma relação de hábitos que são verdadeiros investimentos:

1. Coma pouco: estudos mostram que as pessoas que comem menos tendem a viver mais; em alguns casos, até 50% mais do que os que comem mais.

2. Mantenha seu cérebro ativo: a educação tem uma forte relação com vida longa. Um estudo da Columbia mostrou que 1 ano a mais de estudos pode aumentar a expectativa de vida dos americanos em 1,5 ano. Estudar evita principalmente o Alzheimer.
3. Faça exercícios: essa recomendação aparece em muitos estudos sobre envelhecimento. Segundo um estudo da *Aliance for Aging Research*, mesmo exercícios moderados fazem uma enorme diferença. Já outros estudos dizem que um adulto que caminha apenas 30 minutos por dia adiciona mais de um ano em sua vida. Um estudo com homens mais velhos reportou que exercícios regulares podem reduzir o risco de morte antes dos 90 anos em 20 a 30%.
4. Relaxe: o estresse é um grande inimigo porque provoca aumento na pressão sanguínea. Um estudo com 3 mil pessoas mostrou que aquelas que mantinham a pressão normal viveram mais cinco anos.
5. Tome banho de sol: a vitamina D, que é naturalmente produzida no corpo quando você fica exposto ao sol, é muito recomendada. Um estudo com 60 mil pessoas mostrou que quem tomou vitamina D reduziu em 7% o risco de morte.
6. Beba vinho: resveratrol é um antioxidante poderoso e encontrado no vinho.

Eu acho que na lista faltou: Não fume!!!

Capítulo 10
Comece já

O mundo atualmente é dos sem-idade ou *ageless*. Por isso, mesmo que você não tenha começado cedo a se preparar para a aposentadoria como recomendam 100% dos planejadores financeiros, não desanime, porque ainda há tempo. É melhor começar cedo, sem dúvida, e neste livro você viu as vantagens. Mas eu digo que é melhor começar tarde do que não começar nunca. Portanto, comece já.

Um erro comum para adiarmos o programa de investimento é acharmos que não temos dinheiro suficiente para investir. Quando o tema é aposentadoria, soma-se outro erro ainda mais grave: achar que a aposentadoria está longe demais e que ainda é cedo para pensar no assunto. Ou, para quem já passou dos 40, de que é tarde demais. Evite essas armadilhas e, repito, comece já.

Uma pergunta recorrente para quem começa a pensar no assunto é: mas quanto é suficiente?

A pergunta não tem uma resposta trivial, mas merece algumas horas do seu tempo para reflexão. Não se aflija. Provavelmente esse número vai mudar diversas vezes, mas vai ajudar bastante a dimensionar o tamanho do total de recursos que precisará acumular para financiar seus gastos depois de aposentado.

Há muitos fatores que você deve considerar, mas fique especialmente atento às despesas com saúde como vimos no capítulo anterior. Especialistas estão cada vez mais convergindo para a ideia de que esse será o calcanhar de aquiles do aposentado do século 21. Há várias planilhas e simulações na internet que tentam projetar esse número.

Observe, contudo, que você simplesmente não pode passar uma vida inteira apenas economizando para gastar durante a aposentadoria. Portanto, seja pragmático:

- considere continuar trabalhando ao menos por meio período mesmo depois de chegar à idade compulsória para a aposentadoria;
- procure sempre o equilíbrio, dessa forma você conseguirá manter seu plano de investimento no longo prazo. Exageros nos aportes podem fazer com que você fraqueje ao longo do percurso.
- lembre-se de que é melhor aplicar pouco e sempre do que ter de resgatar no meio do caminho. Isso cortaria um dos principais ingredientes dos investimentos de longo prazo, os juros compostos, juros sobre juros, que criam o efeito bola de neve.

Ao estimar um volume de recursos como meta de acumulação, você vai calibrando suas aplicações em seu plano de investimento. Periodicamente analise sua carteira, veja se você está conseguindo bater as metas estipuladas e, se estiver muito fora de seu caminho, ajuste a rota, ajustando os aportes ou perseguindo um retorno maior para sua carteira. O importante é verificar periodicamente suas aplicações.

Mas atenção: isso não significa ficar pulando de uma aplicação para outra a qualquer baixa ou euforia do mercado. Seja racional, embora todos saibamos o quanto é difícil ser racional com dinheiro. Você precisa deixar duas emoções de lado: o medo e a ganância, as principais fontes de insucesso de qualquer investidor.

Independência financeira

A melhor tradução para aposentadoria no século da revolução da longevidade é: independência financeira. Uma conta aceita internacionalmente para definir independência financeira diz que é necessário ter uma liquidez equivalente a 200 vezes o que você gasta por mês. Se você tem um salário de 10 mil reais, precisará, portanto, acumular o equivalente a 2 milhões de reais para se considerar alforriado de sua carteira de trabalho.

Você não poderá sair gastando dinheiro sem se planejar, isso realmente é para bem poucos. No entanto, terá conquistado sua independência financeira e poderá escolher com bastante tranquilidade o que quer fazer. Portanto, avalie com calma e seja muito pragmático na hora de traçar suas estratégias de consumo e investimento.

Parece impossível? Refletir sobre as razões que o levam a fazer suas aplicações, ou seja, seus objetivos de investimento, vai fazer toda a diferença entre o seu sucesso ou fracasso, e talvez você se surpreenda e descubra que já está quase lá quando o assunto é independência financeira. Quer apostar? Então responda:

1. **Quanto você precisaria ter de renda mensal se fizesse uma limpeza nos seus gastos fixos?**
   Observe que não estou falando em economizar. Estou simplesmente chamando atenção para o que ativistas ambientais nos lembram diariamente, viver com o suficiente, sem desperdícios. Ao reduzir seus custos fixos, você facilita o trabalho porque precisará acumular menos para viver bem e sobrará mais para investir. Aritmética pura e simples.

2. **Quanto vale o carro que você tem na garagem?**
   Não fique restrito à tabela de preços de automóveis. Lembre-se de que você precisa sempre pensar no valor futuro do dinheiro. Vamos lá, só como exemplo, um carro de 60 mil reais pode, na verdade, estar escondendo 200 mil reais em menos de dez anos. As taxas de juros no Brasil ainda estão altas e, ao vender o carro e aplicar o dinheiro, você terá um ganho. Já mantendo o veículo, você terá depreciação e despesas. Reflita. Só você sabe a resposta do que é melhor. Mas pense antes de responder.

3. **Quanto renderia uma aplicação automática em dez anos?**
   O maior inimigo do investidor é a procrastinação. Para combatê-lo estão aí as aplicações automáticas que saem da sua conta antes mesmo de você perceber que é dia de pagamento. Uma aplicação de

mil reais mensais em um título prefixado lhe daria cerca de 100 mil em seis anos (simulação feita no site do Tesouro Direto).

Posso trabalhar aos 80 anos?

Esqueça a idade, é a saúde que dirá se você pode continuar trabalhando. Pesquisas relacionando educação com longevidade e maior bem-estar na aposentadoria têm sido publicadas com uma certa frequência. O capital "saúde" tem um forte impacto na riqueza depois da aposentadoria, e a educação é um ingrediente relevante para acumular o capital "saúde", segundo uma pesquisa dos professores James M. Poterba (MIT), Steven F. Venti (Dartmouth College) e David A. Wise (Harvard Kennedy School).

Cada vez mais os brasileiros estão utilizando os planos de previdência como PGBL e VGBL para iniciar uma segunda carreira e não para resgatar benefícios durante a aposentadoria. Ou seja, os recursos acumulados deixam de servir de lastro para complementar o benefício para a aposentadoria e são utilizados para investir num negócio próprio. Se é esse seu caso, lembre-se de que dinheiro não é tudo na hora de empreender e fique atento a algumas recomendações de analistas que devem complementar o processo de acumulação de capital:

1. **Faça um plano de negócios e o refaça quantas vezes for necessário antes de resgatar seus recursos para investir na sua empresa.**
2. **Converse muito com empresários que já estão no ramo.**

3. **Fique atento às histórias das adversidades encontradas pelo caminho.**
4. **Seja muito conservador na hora de projetar o fluxo de caixa.**
5. **Leia bastante sobre experiências de quem conseguiu ter sucesso nessa empreitada.**

Investir durante a aposentadoria é de longe mais complicado do que investir para a aposentadoria.

No livro *You've Lost It, Now What?*, o jornalista Jonathan Clements, que já foi colunista do *The Wall Street Journal*, jornal americano de economia e finanças, alerta para uma questão extremamente relevante durante a aposentadoria: sua carteira de investimento.

Veja bem, não estamos falando de juntar dinheiro para a aposentadoria, mas fundamentalmente de como investir esse dinheiro durante a fase em que você começará a sacar esses recursos. É uma tarefa complexa, principalmente com o aumento da expectativa de vida, pois você terá de fazer uma equação que lhe permita ter uma renda mensal, mas também manter suas aplicações com um rendimento que garanta o crescimento de suas reservas.

Quando está na fase de acumulação da aposentadoria, você guarda quanto pode e tenta obter retornos decentes em suas aplicações. No entanto, mesmo quando nem tudo sai como você planejou, o drama não é tão grande, pois afinal seu padrão de vida depende fundamentalmente do salário que você recebe.

Mas, quando estiver aposentado, se cometer erros graves com suas aplicações, isso poderá implicar até mesmo uma mudança de padrão de vida, pois significará que houve uma redução de seus recursos, e você simplesmente terá de rever suas retiradas mensais.

Enfim, cometer erros com suas aplicações financeiras depois de aposentado poderá deixá-lo com sérios problemas para o resto da vida. Assim, se você precisa acertar mais do que errar para ser um investidor de sucesso, quando está aposentado sua margem para erros se estreita bastante. Portanto, atenção e muito cuidado com promessas de retornos mirabolantes. Esse não é um caminho confiável para obter bons resultados com suas aplicações. O melhor é optar por investimentos que você conheça, que tenham transparência e informações confiáveis. Embarcar em aventuras financeiras nessa fase da vida definitivamente não é uma boa opção, por mais tentador que lhe pareça o prêmio.

E lembre-se: conheça sempre o risco a que está exposto antes de fazer uma aplicação e veja o que acontecerá com sua vida financeira caso os mercados se movimentem contra suas previsões e você tenha de amargar perdas.

Há muito mais a falar sobre aposentadoria e envelhecimento do que sonha a nossa vã filosofia. Por isso, damos aqui o pontapé inicial. E você pode e deve continuar se informando sobre o tema. Você conhece o MyNews Vida e Previdência? É um canal específico para acompanhar a cobertura sobre o tema (https://www.youtube.com/@MyNewsPrevidencia).

O aumento da expectativa de vida está provocando uma verdadeira revolução de comportamento, e você terá de refletir sobre seu relacionamento: familiar, amoroso e profissional. A longevidade e seu impacto já ultrapassam o debate sobre investimentos.

Há alguns anos, uma matéria de página inteira no jornal inglês *Financial Times* mostrava que a revolução prateada já tinha chegado às passarelas. Os grandes nomes da moda, como Marc Jacobs, começaram a requisitar mulheres mais velhas para suas coleções. As grifes costumavam ser obcecadas pela juventude, mas agora estão percebendo que seus clientes são pessoas nos seus 40 anos, dizia a matéria do FT.

O grande jornal americano *New York Times* também cobre o tema da longevidade, e em uma dessas matérias chamou atenção para as belas mulheres mais velhas. O artigo focava nas mulheres francesas que envelhecem sem perder o estilo e a beleza. Dizia a matéria que o segredo é manter os cuidados, principalmente com a pele (não fumar e usar bloqueador solar), e não recorrer a plásticas excessivas para "parecer" jovem. Ou seja, cada idade traz sua própria beleza, basta que você mantenha os cuidados com seu corpo e mente. Quando você tenta mudar isso, e, aos 60 anos briga para parecer ter 20, começam os problemas, não apenas físicos.

Citei apenas dois exemplos, mas é grande a quantidade de artigos que mostram a mudança de comportamento por conta do aumento da expectativa de vida.

Para fechar essa conversa, fiz um resumo bem básico do que considero essencial para ter dinheiro a vida toda e viver em plenitude.

No topo das minhas recomendações estão:

- **invista muito na sua saúde;**
- **não tenha dívidas;**
- **guarde algum dinheiro;**
- **avalie os custos e a tributação das aplicações, no longo prazo esses ingredientes fazem uma boa diferença;**
- **faça atividades físicas; caminhar é um santo remédio para muitos males da modernidade;**
- **cultive amigos de diferentes idades e aprenda com eles;**

- **mantenha sua mente ativa, invista em conhecimento e em atividades culturais.**

Não parece muito difícil, certo? E não é mesmo.

Referências bibliográficas

ARIELY, Dan; KREISLER, Jeff. *A psicologia do dinheiro*: como tomar decisões financeiras mais inteligentes. 2. ed. Rio de Janeiro: Sextante, 2023.

BOOTH, Wayne. *The Art of Growing Older*: writers on living and aging. The University of Chicago Press, 1996.

CLEMENTS, Jonathan. *You've Lost It, Now What?* How to beat the bear market and still retire on time. Portfolio, 2003.

FERREIRA, Vera Rita Mello. *Decisões econômicas*: você já parou para pensar? São Paulo: Évora, 2011.

FERREIRA, Vera Rita Mello. *A cabeça do investidor*: conheça suas emoções para investir melhor. São Paulo: Évora, 2011.

GARDNER, David & Tom. *The Motley Fool Investment Guide*. Third edition. Simon & Schuster, 2017.

GIAMBIAGI, Fabio; TAFNER, Paulo. *Demografia* – a ameaça invisível. Rio de Janeiro: Campus, 2010.

GIANNETTI, Eduardo. *O valor do amanhã*. São Paulo: Companhia das Letras, 2011.

GORDON, L. Clark; WHITESIDE, Noel. *Pension Security in the 21st Century*: redrawing the public-private debate. New York: Oxford University Press, 2003.

HOUSEL, Morgan. *A psicologia financeira*: lições atemporais sobre fortuna, ganância e felicidade. Rio de Janeiro: Harper Collins Brasil, 2021.

MADRIAN, Brigitte; MITCHELL, Olivia S; SOLDO, Beth J. *Redefining retirement*: how will boomers fare? Oxford University Press, 2007.

NESE, Arlete; GIAMBIAGI, Fabio. *Fundamentos da previdência complementar*: da administração à gestão de investimentos. São Paulo: Atlas, 2020.

SCHWARTSMAN, Alexandre. *Economia no cotidiano*: decifra-me ou te devoro. São Paulo: Contexto, 2020.

STRAUSS, Peter J; LEDERMAN, Nancy M. *The Complete Retirement Survival Guide*: everything you need to know to safeguard your money, your health, and your independence. Checkmark Books, 2003.

THALER, Richard H; SUNSTEIN, Cass R. Nudge: *Como tomar melhores decisões sobre saúde, dinheiro e felicidade*. Rio de Janeiro: Objetiva, 2019.

Coleção MyNews Explica

MyNews Explica Evangélicos na Política Brasileira – Magali Cunha
MyNews Explica Eleições Brasileiras – Luis Felipe Salomão e Daniel Vianna Vargas
MyNews Explica Budismo – Heródoto Barbeiro
MyNews Explica Pesquisas Eleitorais – Denilde Holzhacker
MyNews Explica a Rússia Face ao Ocidente – Paulo Visentini
MyNews Explica Sistema Imunológico e Vacinas – Gustavo Cabral
MyNews Explica Como Morar Legalmente nos Estados Unidos – Rodrigo Lins
MyNews Explica O Diabo – Edin Sued Abumanssur
MyNews Explica Buracos Negros – Thaísa Bergman
MyNews Explica Política nos EUA – Carlos Augusto Poggio

Próximos lançamentos

MyNews Explica Sistemas de Governo – Denilde Holzhacker
MyNews Explica Algoritmos – Nina da Hora
MyNews Explica Astronomia – Cássio Barbosa
MyNews Explica Interculturalidade – Welder Lancieri Marchini
MyNews Explica Liberalismo – Joel Pinheiro da Fonseca
MyNews Explica Fascismo – Leandro Gonçalves; Odilon Caldeira Neto
MyNews Explica Integralismo – Leandro Gonçalves; Odilon Caldeira Neto
MyNews Explica Comunismo e Socialismo – Rodrigo Prando
MyNews Explica Exoplanetas – Salvador Nogueira

MyNews Explica a Inflação – André Braz
MyNews Explica Relações Internacionais – Guilherme Casarões
MyNews Explica Nacionalismo x Globalização: a polarização do nosso tempo – Daniel Souza e Tanguy Baghadadi
MyNews Explica Estabilidade Mundial – Daniel Souza e Tanguy Baghadadi
MyNews Explica Mulheres na Política Brasileira – Manuela D'Avila
MyNews Explica HIV ou A Cura da AIDs – Roberto Diaz
MyNews Explica Comportamento e Saúde Financeira – Jairo Bouer
Mynews Explica Galáxias Distantes – Ricardo Ogando
MyNews Explica Negacionismo – Sabine Righetti e Estevão Gamba
Mynews Explica Democracia – Creomar Souza
MyNews Explica Trabalho e *Burnout* – Jairo Bouer